KB097873

그래도 좋은 날이
더 많을 거야

사랑하고 배우고 살아 내야 할 서른에게

그래도 좋은 날이 더 많을 거야

아이얼원 지음 · 한수희 옮김

유노북스

I

들어가며

넘어지고 부딪힐 때 비로소 보이는 길

자기 자비의 개념을 다시 공부하고 블로그에 들어가 예전에 쓴 글을 봤다. 그동안 글 쓰는 능력이 생각보다 많이 발전했다는 걸 알았다.

'내가 글쓰기 테크닉을 계속 개선하고 있었구나.'

사실을 확인한 후 내게 힘을 불어넣으며, 나를 더 많이 긍정하기 시작했다. 나중에 안 사실인데, 내 방법은 상담 분야에서 말하는 '감사 노트'나 시간 관리 테크닉의 '작업 검토'와 비슷했다. 적극적으로 자신의 좋은 점을 보고, 자기 피드백을 통해 정서적 압박을 분출하라는 내용이다.

글을 잘 쓰지 못할까 봐 걱정하는 불안감이 완전히 사라지진 않았지만, 내가 글쓰기와 평온하게 공존할 수 있는 능력이 있다는 걸 알게 되었다. 이것만 깨달았는데도 주위 공기가 훨씬 많아진 것 같고, 미래에 대한 교착감이 많이 줄어들었다.

나의 글쓰기 훈련 과정을 공유해야겠다고 생각한 건, 많은 사람이 나와 비슷한 상황을 겪으며 노력하는 과정에서 자신도 모르게 스스로를 부정한다는 걸 알기 때문이다.

그들에게 말해 주고 싶다.

"불안해하지 마세요. 잘못하고 있는 게 아니에요. 앞으로 나아가고 있기에 걸음이 느린 걸 염려하는 겁니다."

어떤 땐, 노력하면 도리어 불안해진다. 노력하는 상태에서만, 자신이 얼마나 부족한지 알 수 있고 자신이 놓친 젊음을 후회할 수 있기 때문이다. 지금 열심히 달리고 있는 사람은, 주위에도 달리는 사람들이 많기 때문에 자신의 속도를 살필 수 있다.

그러나 더 나은 내가 되기 전까진 넘어야 할 문턱이 많다. 성장에서 필히 거쳐야 하는 과정이다. 끊임없이 과거의 나와 부딪혀야 하고, 계속해서 미래의 나와 호흡을 맞춰야 한다.

가치 있는 것 치고 쉽게 얻을 수 있는 건 없다.

인생에서 막막함은 피할 수 없다. 심지어 자주 막막하다. 원하는 일을 결심하지 못하고, 안정적인 일상을 포기하기 아쉽다. 일, 생활, 연애 할 것 없이 분명함이란 건 늘 부족하고 찾기 어렵다.

삶이란 게 넘어짐의 연속이며 끊임없이 미조정하는 과정이다.

인생이라는 부목을 밟은 이상, 계속 자세를 조정해야 넘어지지 않는다. 균형을 유지하려면 먼저 균형을 잃어야 하고, 삶의 불확실성을 상쇄하려면 삶 속 뜻밖의 일들에 열심히 저항해야 한다.

조금 더 유연성을 발휘해, 용감하게 삶의 고단함을 감당하고 외로움을 참아 내 필요한 고독을 차분히 건너자.

더 좋은 날이 기다리고 있다.

사람들에게 무시당하거나 이미 늦어 버린 것 같아도, 더 나은 삶을 위해 노력하고 있다는 사실을 잊지 말자.

기회를 만나면 꽉 잡고, 결과가 없으면 다시 시작하자. 노력을 기울이면 다른 것들은 순리대로 따라올 것이다.

아이얼원

목차

들어가며_

넘어지고 부딪힐 때 비로소 보이는 길 … 005

1장

그래도 좋은 날이 더 많을 거야

: 용기에 대하여

_ 평범한 일상에 자부심을 가져도 좋다 … 015

_ 나는 오늘, 어제보다 더 나아진다 … 023

_ 나를 대하는 가장 좋은 방법 … 029

_ 완벽할 수 없는 삶에서 완벽하려 하지 말자 … 034

_ 내일 다시 시작할 수 있다는 깨달음 … 044

_ 삶은 천천히 원하는 모습에 가까워진다 … 053

_ 시간과 함께 서서히 흘러가게 하자 … 063

_ 넘어져도, 다시 일어나면 그만 … 070

2장

나는 내가 잘 지내면 좋겠다

: 자신에 대하여

_ 가끔 마음을 털어 내야 한다 · · · 079

_ 나는 내가 나로 살면 좋겠다 · · · 085

_ 힘겨워도, 갈수록 강해질 것이다 · · · 093

_ 누군가의 '누구'로 살지 마라 · · · 100

_ 내가 나를 좋아한다는 것 · · · 108

_ [illegible] · · · 117

3장

넘어져도 다시 한 걸음 내딛는 비결

: 노력에 대하여

_ 보이지 않는 곳에서 더 노력한 결과 · · · 135

_ 넘치는 옵션 말고 과감한 용기가 필요할 때 · · · 143

_ 길을 잃을 순 있지만 가지 못할 길은 없다 · · · 151

_ 앞으로 좋은 일만 있을 나에게 · · · 160

_ 나만의 이야기를 써 내려가는 게 답이다 · · · 165

_ 흔들리지 않고 피는 꽃이 어디 있는가 · · · 172

4장

우리 서로를, 자유롭고 즐겁게 하자

: 관계에 대하여

_ 나를 소중히 하는 사람을 소중히 여기자 … 183
_ 나와 잘 맞는 사람에게 마음을 다하라 … 190
_ 서로를 천천히 알아 가는 건 아름다운 일 … 201
_ 우선, 나부터 잘 보살펴야 한다 … 207
_ 모두를 만족시킬 수 없다는 깨달음 … 218
_ 혼자 있는 시간의 현명한 활용법 … 225
_ 괴롭히기 좋은 사람이 되진 말자 … 234

5장

앞으로 나아가기에 느린 걸음을 염려한다

: 태도에 대하여

_ 내일이 없는 것처럼 매일매일 산다면 ··· 245

_ 최선의 실수는 쓸모없는 실패가 아니다 ··· 256

_ 내가 좋아하는 삶의 방식에 대하여 ··· 261

_ 앞으로 나아가기에 느린 걸음을 염려한다 ··· 271

_ 특별한 인생으로 안내하는 작은 선택들 ··· 280

저자의 말_

모든 일은 늘 더 좋은 방향으로 ··· 290

1장

그래도 좋은 날이 더 많을 거야

: 용기에 대하여

넘어지고 부딪히며 앞으로 나갈 때 성장할 용기가 생긴다.

넘어지지 않는 인생은 없다.
기어 나오지 못할 구덩이도 없다.
더 나은 내가 되고자 노력하며, 더 나은 미래를 기대하자.

평범한 일상에 자부심을 가져도 좋다

내 인생의 첫 여행지는 팔라우였다. 팔라우는 거북이 그림으로 자동차 번호판을 표시하는 섬나라로, 남태평양에 있다. 가이드의 차 번호판을 뽑아 집으로 가져오고 싶을 만큼 사랑스러운 곳이었다.

첫 여행지로 팔라우를 고른 이유는, 팔라우가 꼭 가 봐야 할 스노클링 명소 중 하나로 꼽혔기 때문이었다.

당시엔 단순하게 생각했다.

'스노클링 경험도 없겠다, 이왕 갈 거면 가장 멋진 곳으로 가자!'

팔라우의 아름다운 바닷속 풍경은 지금까지도 깊이 각인되어 있고, 내가 스노클링을 해 본 유일한 곳이기도 하다.

패키지여행 가이드가 해 준 이야기가 기억난다.

그는 10여 년 전 팔라우에 왔다가 정착하기로 했고, 이젠 정이 깊이 들어 버렸다고 했다. 가이드는 말을 마치자마자 큰 소리를 내며 바다로 뛰어들었다. 하루하루를 단순하게 즐기는 모습이었다.

꿈에 그리던 감동이었다. 그래도 팔라우 여행에서 가장 그리운 건 야간 무인도 투어다. 모래사장에 누워 별이 총총한 하늘을 바라봤고, 그릴에 둘러서서 저녁을 먹었으며, 평생 잊지 못할 '그 일'도 있었다.

그날 오후, 우리는 메인 섬에서 작은 배를 타고 출발했다. 무인도에 도착하니 날이 어두워졌고, 메인 섬의 인공조명을 깡그리 빨아들일 만큼 거리가 멀어졌다. 어선의 불빛도 달빛과 함께 멀어지고 있었다.

고개를 드니 별들이 입체적으로 보였다. 은백색 점들에 그윽한 어둠이 어우러진 조합은, 억지로 만들려야 만들 수 없는 장면이었다.

야간 숯불구이 이벤트가 곧 시작되려 하고 있었다. 현지 가이드가 맨손으로 물고기를 잡으려고 바다로 나갈 준비를 하더니, 여행 팀의 남자들 중 함께 체험할 사람이 있으면 같이 가자고 청했다.

나는 별생각 없이 '그냥 수영인데 뭘' 하는 마음에 몇몇 팀원과 함께 물가로 갔다. 밤바다에 다가가 본 후에야 알았다. 햇빛을 잃은 시간, 낮엔 푸른색이었던 바다는 캄캄한 물결로 변해 있었고 달빛도 어둠에 빨아들여진 상태였다. 파도 소리도 낮처럼 낭만적이지 않았다. '빠지겠다고 할까?' 하고 생각할 만큼 공포감이 밀려왔다.

미처 생각할 새도 없이, 전원이 이미 대오를 정렬하고 출발할 태세를 하고 있었다. 바닷가에 남은 여행사 가이드는 밤엔 물이 어디까지 들어와 있는지 알 수 없으니 조심하라며 신신당부하면서, 각자 오른손으로 앞 사람의 오른쪽 어깨를 잘 잡으라고 단단히 일렀다.

말이 끝나기 무섭게 출발했다. 발바닥이 한 발 한 발 바닷물에 가까워지자 알 수 없는 긴장감이 오른손으로 전해졌고, 차디찬 바닷물이 복사뼈를 덮었을 땐 나도 모르게 앞 사람의 오른쪽 어깨를 꽉 누르고 말았다. 조금 후 내 오른쪽 어깨도 꽉 눌렸다.

맨 앞에서 이끄는 사람은 현지 가이드였다. 우리는 모두 그가 물에 대해 잘 알 거라 믿었고, 어쩌면 이 모든 게 잘 짜인 각본일 수도 있겠다고 생각했다. 내 머릿속에선 여전히 걱정에 대한 경보기가 반짝거리고 있었다. 바닷물에 닿았을 때의 차가운 느낌, 어두운 밤에 빼앗긴 시야. 나는 앞 사람의 오른쪽 어깨에 운명을 맡겼다.

순간, 어린 시절 수영하다가 익사할 뻔했던 일이 떠올랐다. 당시 아홉 살이었는데 막 수영을 배웠던 나는, 혼자 수영장에 있다가 갑자기 호흡이 고르지 못했다. 불안감에 뻣뻣해진 몸은 물에 뜨지 않았고, 물을 먹고 사레가 들려 더 당황하기 시작했다.

수영 레슨 때 연습했던 걸 몽땅 잊어버리고, 그저 본능적으로 두 팔을 허우적대며 필사적으로 버둥거렸다. 그러나 발버둥질칠수록 몸은 더 가라앉았고 입으로 더 많은 물이 들어왔다.

나는 필사적으로 노 젓듯 팔을 움직였고, 주위에 있는 어른이 나를 발견하길 바라며, 속으로 죽어라 소리를 질렀다. 어린애가 물장난을 하고 있는 걸로 보였는지, 가까이에 있던 분이 조금 지켜보다가 이내 몸을 돌려 멀리 가 버렸다.

나는 계속 팔을 허우적댔다. 팔을 휘저으며 생기는 물보라와 기포로 눈앞의 시야가 왜곡돼, 몸이 물에 묶이는 것 같았다. 어느 방향으로 가고 있는지 불확실했고, 죽을 수도 있겠다는 생각이 들었다.

다행히 허덕허덕 팔을 저어 몸을 끌고 가듯 해, 마침내 수영장 가장자리에 이르렀다. 손가락 끝에 벽이 닿으니 마음도 차분해졌다.

덜덜 떨리는 몸을 끌고 수영장을 얼른 벗어나고 싶었다. 그때 다른 쪽으로 갔다면, 아마 익사했을 것이다.

가이드의 목소리가 들리며 생각에서 깨어났고, 다시 앞 사람의 어깨에 집중했다. 우리 일행은 함께 행군하는 군인들처럼 어둡고 차가운 바닷속으로 줄줄이 들어갔다.

물에 들어가니 어렴풋하게나마 앞 사람이 보이긴 했지만, 어느 쪽으로 헤엄치고 있는 건지 전혀 알 수 없어 앞 사람만 꽉 붙잡았다.

한 바퀴만 도는 건가? 더 깊은 수역으로 헤엄쳐 가는 건가?

방향감을 상실하자, 수영장에서 익사할 뻔했던 그날의 공포감이 밀려왔다. 한참 지난 후에야 가이드가 우리를 끌고 물가로 헤엄쳐 갔다.

모래사장으로 돌아와 무의식적으로 바다를 바라봤다. 달빛의 인도를 받아 가이드 손에 살아 있는 거대한 랍스터가 들려 있는 게 보였다. 물가에 남았던 다른 팀원들은 놀라며 흥분했고, 앞쪽에서 벌어지고 있는 광란의 파티로 우리를 안내했다.

조금 전 두려웠던 모든 게 서프라이즈로 통하는 비밀통로였던 듯했다. 몇 시간 만에 기대와 공포 그리고 흥분을 다시 겪으니 감정이 출렁이며 시야가 선명해졌고, 그날 밤 기억에 또렷이 새거진 많은 장면이 지금 이 순간에도 머릿속에서 재현되고 있다.

더 나은 미래를 차곡차곡 쌓는 중

인생의 많은 일이 이렇다. 어떤 일들은 생각이 잘 나지 않아 그저 기억 속에서 둥둥 떠다닌다. 깊은 곳에서 또 얕은 곳에서 떠다니다, 어느 날 스스로 떠오른다. 또 어떤 일들은 잊으려 해도 잊을 수가 없다. 기쁨과 즐거움이 실려 있기도 하고 아픔이 실려 있기도 하다.

여러 해 전의 일이지만, 시간이 지나고 삶이 쌓이면서 당시엔 모호했던 느낌을 이해하기 시작했다. 나쁜 일에 대한 걱정은 상상에서 비롯되고 육신의 안정감은 환경에 의해 결정되지만, 마음의 안정감은 결국 내가 결정한다는 걸 말이다.

그곳의 바다는 빛을 잃자 엄청 컴컴하게 느껴졌지만, 여전히 아침의 그 바다였고 이어진 건 모래사장이었다.

물속에 들어가기 직전 대열에서 빠져 고기잡이에 따라가지 않았다면, 그때의 팔라우 여행이 여운에 남아 있진 않을 거다.

인생의 많은 순간도 마찬가지다. 우리가 무엇을 두려워하든 무엇을 걱정하든 무엇에 불만을 품든, 일의 겉면에 내 불안감을 한 겹 씌운다. 그래서 일은 너무 위험해 보이고, 나는 너무나 작아 보이며, 마음은 더 복잡해 보인다.

결핍감은 갈수록 커지고 삶의 의미가 떨어져 나가기 시작한다. 우리는 점점 더 감당할 능력이 없는 자신을 걱정하고 자신의 부족함을 고민한다.

팔라우 여행에서 얻은 깨달음을 이제야 이해해 간다. 우리가 원래부터 가지고 있던 것들, 현재 살아가고 있는 일상은 이미 충분히 아름답다는 걸. 좋든 나쁘든, 그 자체만으로도 자부심을 가져야 한다는 걸.

사람은 한 가지 일을 너무 나쁘게 생각해 거기에 온 초점을 맞추곤,

주위에 있던 아름다움을 사라지게 하거나 더 나은 가능성들을 지나쳐 버리곤 한다.

높은 하늘에서 삶을 내려다보면, 비슷비슷한 나날을 보내고 있을 거다. 아침에 무거운 몸을 일으켜 시곗바늘 돌 듯 바쁘게 생활하고, 퇴근 후 그리고 휴일엔 여유와 불안 속에서 시간을 보낸다.

이런 순환에 점차 익숙해진다. 하루하루의 삶이 흘러가고, 날짜는 시간에 떠밀려 무감각하게 앞으로 간다.

어느 날 하이라이트 버전으로 인생을 편집하려 한다면 펼칠 수 없을 만큼 많은 소재 거리에 놀랄 것이다.

판에 박힌 듯 변하지 않는 일상이야말로 곰곰이 곱씹을 가치가 있다. 안정적인 일상을 열심히 산다는 건, 미래에 확실한 게 아무것도 없다는 걸 잘 안다는 의미이다. 일상이 특별한 것 없이 평범한 듯해도 조금씩 더 나은 미래를 차곡차곡 쌓는 중이다.

내가 독보적인 존재가 될 순 없다 해도, 마음속에선 남들과 다른 하나밖에 없는 내가 될 수 있으며 더 나은 내가 되는 법을 꾸준히 배울 수 있다. 그러니 절대로 지금의 나를 부정하지 말자.

열심히 살면 나쁜 일을 잘 걸러 내도록 시간이 도와 줄 것이다.

삶엔 완벽하지 않은 것들이 많다. 주위의 아름다움을 더 많이 보도록 연습하자. 내가 좋아하는 모습이 거기에 있다.

더 나은 인생 세우기 연습

하나

생활이 나아져 즐거워진 게 아니라,
즐겁게 지냈기에 생활이 나아진 것이다.
나쁜 일이 사라져 좋은 일이 생긴 게 아니라,
좋은 일에 관심을 가졌기에 나쁜 일이 사라진 것이다.

즐거운지 행복한지 잘 살고 있는지는,
어떻게 찾느냐의 문제뿐 아니라
순서의 문제이기도 하다.
순서가 다르면,
답도 다르고 인생도 달라진다.

매일 매순간 모든 일이 순조로울 순 없다.
순리에 맡기는 법을 배워야 한다.

평상심을 가지고
삶의 순간순간을 음미하며
내가 좋아하는 모습으로
마음 구석구석을 잘 정리하자.

나는 오늘,
어제보다 더 나아진다

서른 살 이전의 나는 실패와 실수 중 하나를 선택하며 살았다. 다행인 건, 그런 경험들이 서른 살 이후의 나를 위해 길을 닦아 줬다는 것이다.

모든 건 고등학교 진학이 좌절되면서 시작됐다. 당시는 연합고사 시절이었는데, 시험 한 번에 모든 게 결정되었다. 시험이 끝나면 길은 두 개였다. 1지망을 선택하거나 다음 해에 시험을 다시 보거나.

정말 힘든 한 해였다. 불과 몇 개월 동안 예상치 못한 많은 일이 내 인생으로 무지막지하게 들어왔다. 집에 큰 변화가 생겨 중간고사 성적이 곤두박질쳤고, 연합고사 합격자 명단 성적은 기대 이하였다.

시험을 잘 치지 못한 게 창피했고 자기비하감마저 들었다. 모든 게 내 능력 부족 때문인 듯했고, 나는 존재할 가치가 없는 것 같았다.

진로를 고민한 후 상위권의 직업 학교로 진학하는 쪽을 선택했다. 집에 닥친 변고의 충격에서 서서히 벗어난 덕분인지, 학업 자신감을 꽤 회복했고 이후 3년간 중간고사에서 1등을 거의 놓치지 않았다.

전교 1등으로 졸업할 수 있었다.

그런데 대학 입시와는 인연이 없었나 보다. 안정적인 성적으로 1, 2지망 과학기술대에 충분히 합격하리라 기대했는데, 대학 입학 연합고사에서 또다시 정상적인 컨디션을 발휘하지 못해 1, 2지망에 합격할 점수를 받지 못했다.

1년 재수를 하려다가 어디든 진학하기로 했다. 고등학교 연합고사에서 실패한 후, 다시 한 번 능력을 의심받는 느낌이었다.

돌이켜 보니, 그때가 인생에서 가장 아름다운 실패였던 것 같다.

연합고사 성적이 기대 이하가 아니었다면, 윈린과학기술대에서 배짱 맞는 친구를 사귀지 못했을 테고 새로운 동아리를 만들 기회도 없었을 것이며 내가 원하는 인격으로 성장할 기회도 없었을 것이고 공부를 향한 호기심을 키울 시간도 없었을 것이다.

대한 진학 시험에서 연달아 두 번 실패한 탓에, 대학원 시험을 준비할 땐 긴장을 조금도 늦추지 않았고 교통대 정보통신공학대학원에 들어갈 기회를 얻어 지식을 탐구할 탄탄한 기초를 마련할 수 있었다.

그렇다고, 그 이후의 나날이 순탄하기만 한 건 아니었다. 대학원 졸업 후 현역 복무를 택한 나는, 1년이 넘는 시간을 허비한다는 게 뭔지 뼈저리게 깨달았고 전역 후엔 전혀 관심 없는 일을 택했다가 아침에 멍하게 일어나고 밤에 멍하게 귀가하곤 했다.

진정한 터닝 포인트는, 건강상의 문제로 어쩔 수 없이 마음의 소리와 마주하곤 직장이라는 환경을 벗어나 정말로 재밌게 할 수 있는 일을 찾자고 스스로 용기를 북돋운 때였다.

한 걸음씩 내디디려는 노력

전작《나는 내가 잘됐으면 좋겠다》에서 이런 말을 했다.

"일이 성공하는 것은 그 사람이 맞는 길로 가서가 아니라 많은 길을 갔기 때문이다."

한 걸음 한 걸음 착착 내디디려는 노력은, 진창에 꾹 찍히는 발자국과 같다. 당장은 앞에 어떤 길이 있는지 모르지만, 발밑에선 서서히 길이 뻗어가듯 말이다. 중요한 건, 실패하거나 잘못된 선택을 했다 하더라도 훗날 메울 기회가 있다고 믿는 것이다.

중학교 연합고사에 실패하지 않았다면, 기술 직업 계열로 진학해 전자 연구개발이라는 전문 기술을 내세워 급여가 후한 직장을 구할 수 없었을 것이다.

대학 시험을 잘 못 본 덕분에, 정신을 바짝 차리고 대학원 시험을 준비했고 경쟁률 높은 인기 학과에 합격할 수 있었다.

졸업 후 현역 복무를 선택해, 100명이 넘는 규모의 부대를 관리할 기회가 있었고 수년간 일을 해야 길러지는 리더십을 동기들보다 먼저 단련할 수 있었다.

모두 당시엔 점 하나에 불과한 듯했고, 하나 같이 완벽하지 않은 선택이었지만, 점차 선으로 연결되어, 신통하게도 나를 오늘로 이끌었다.

내가 한 일이라곤, 발을 떨어뜨리지 않고 하나의 점을 착실히 밟으려고 노력한 게 전부다.

우리는 알 수 없는 일에 대해 최고의 길을 선택하고 최고의 기회를 잡길 원한다. 하지만 훗날 얼마나 좋은 선택이 될지 예측할 순 없어도, 그 선택이 더 좋은 결과가 되도록 노력할 순 있다. 어떤 방식으로 이 세상에 올지 선택할 순 없지만, 일이 잘 풀려 마음도 덩달아 좋아지길 기다리기보다 세상을 살아갈 마음가짐을 선택할 수 있는 것처럼 말이다.

더 나은 삶을 살아가고 싶은 게 사람의 본성이다. 그래서 부러움과 동경의 감정을 만들고, 주위 사람들이 거둔 성취로 자신의 우열을 구분 지으며, 사회에서의 성공 이미지를 이정표 삼아 가야 할 방향을 정한다.

그런데 시작점은 사람마다 다르다. 인생을 등산로라고 치면, 산을 한참 타야 정상에 도착하는 사람이 있고 태어나자마자 산 정상에 있는 사람도 있다. 불공평해 보이지만, 타인의 삶을 신경 쓰고 남들이 오르는 산만 동경한다면 언제까지나 불공평하게 여겨지는 게 당연하다.

관건은, 자신의 삶에 신경 쓸 것인지 타인을 보며 살아갈 것인지다. 자신의 삶을 곰곰이 헤아려 보면, 많은 추억이 있을 것이다. 타인의 삶을 부러워하면, 마음에 남는 건 쓰라림뿐이다.

인생의 시작점과 종착점은 선택할 수 없지만, 중간엔 선택할 게 가득하다. 하루하루를 어떻게 살지, 스스로 결정할 능력이 있다.

잘 살지 못한다며 불평하는 쪽을 선택할 수도 있고, 생활이 더 나아지리라 기대할 수도 있다. 잘 사는 사람들과 비교하려 들면 영영 종착점을 찾을 수 없지만, 어제의 나보다 더 나은 나를 추구한다면 매일 새로운 날이 펼쳐질 것이다.

좋을 때가 있으면 나쁠 때가 있고, 슬플 때가 있으면 기쁠 때가 있으며, 올라갈 때가 있으면 떨어질 때가 있다.

하루하루를 열심히 살면 당장의 실패들은 차츰차츰 시간이 포장해 주는 선물이 되어 어느 순간 내 앞에 배달될 것이다.

더 나은 인생 세우기 연습

둘

모든 이야기엔 결말이 있다,
그러나 모든 결말은 새로운 이야기의 시작이기도 하다.

삶에 눌려 숨도 못 쉬고,
현실에 치여 숨고 싶을 때가 많다.
많이 노력하는데, 점점 의미를 찾을 수가 없다.

인생의 궤적이란
늘 정처 없이 떠도는 법이니,
지금 들이는 노력은
훗날까지 기다려야 그 이유를 알게 된다.

끝까지 버텨 내는 건 외로운 길이지만,
고독할 때 좋아하는 게 뭔지 확실히 알게 된다.
그러니 일이 잘 되기에 앞서 자신을 잘 돌보자.

이야기는 결말에 이른 게 아니라
당신이 더 나은 모습으로
페이지를 넘기길 기다리고 있다.

나를 대하는
가장 좋은 방법

'사람 노릇 하기가 왜 이리 힘든가'라고 생각해 본 적 있는가?

제대로 하지 못하면 남들 입방아에 오르내리고, 잘해도 봐 주는 사람 없고, 친척에게 욕먹고, 사장님이 갈구고, 동료에게 비웃음당하고, 방관자에게 조롱당하고, 주위 사람들이 깔보고, 남들 눈엔 내 노력이 조롱거리가 되고 만다.

노력이 필요한 일은 모두 힘든 법이다. 가뿐히 잘 해낼 수 있는 일은 별로 없다. 몸에 화살이 박히는 것도 맨 앞에 설 용기를 냈기 때문이다.

이 세상은 참 살기 힘든 곳이다. 발버둥 치며 버텨야 할 때도 있다. 상당히 노력해야 여유로워 보이는 삶을 살 수 있다. 지쳐 쓰러질 것 같은 일들을 처리해야, 날 아끼는 사람들에게 걱정을 끼치지 않을 수 있다.

우리는 기계가 아니므로, 몸을 움직일 무궁무진한 생명 혹은 감정을 숨길만 한 무궁무진한 마음의 힘이 없다.

삶이 나를 시험하지만, 자신을 미워하라는 건 아니다. 더 노력해야겠지만, 더 무력해지라는 건 아니다.

노력은 자기부정을 위한 게 아니다.

아무리 노력해도 실패할 가능성은 있고, 아무리 잘해도 깔보는 사람이 있다. 받아들이든 아니든, 늘 존재하는 상황이다.

관건은, 그들이 신뢰하는 사람이 되고 싶은가 나 자신이 믿고 싶은 내가 되느냐다.

지쳤거든 천천히 가자. 이따금 멈춰도 괜찮다. 쉴 줄 모르는 사람은 앞으로 나갈 줄도 모른다. 밤은 길지만 언젠가는 동이 트고, 길은 길지만 끝이 있다. 숨을 좀 돌리자.

사는 게 늘 좋을 순 없으니, 더더욱 즐겁게 사는 법을 배워야 한다.

해야 할 일을 계속 하고, 비판을 삶의 중심에 놓지 말자. 입을 놀리는 게 손을 놀리는 것보다 쉬우니까.

어느 날 깨닫게 될 것이다. 그들이 비판한 건, 내가 원하는 인생이 아니라 그들이 미워하는 본인들 모습이었다는 걸.

열심히 살아야 행복해진다

초등학교 때 있었던 일이다. 학원에서 귀가하고 있었는데, 그날따라 왜 그리 서둘렀는지 모를 일이다. 내내 뛰었던 것만 기억난다.

우리 집 문이 시야에 들어왔고 집까지 백 걸음도 남지 않았는데, 갑자기 중심을 잃고 앞으로 고꾸라졌다.

바퀴 없는 킥보드가 미끄러지듯 무릎과 손바닥이 땅바닥과 마찰했고, 무릎에 난 상처에서 피도 났다. 피는 때를 만난 듯 신나게 솟아 나오며 공기와 접촉했고, 종아리 전체로 퍼졌다.

얼핏 봐도 심각한 상처였지만, 그렇게 많은 피를 흘렸다는 걸 집에 도착한 뒤에야 알았다. 넘어진 당시엔 조금도 아프지 않았다.

열심히 뛰느라, 뛰면서 집에 도착하는 순간을 기대하느라, 한 가지 일을 서둘러 하는 것에 온 정신이 팔려, 상처가 아프다고 소리치는 걸 무시했던 것이다.

당시 무릎에 났던 찰과상이 얼마나 쓰라렸는지는 진작 잊었고 흉터도 옅어졌지만, 그 기억은 시간이 가도 퇴색하지 않는다.

뇌와 시간은 정말 신기한 조합이라는 생각을 때때로 한다. 뇌는 좋지 않은 일을 최대한 잊으려 하고, 시간은 한쪽에서 가장 강력한 조력자 노릇을 한다.

열심히 생활할수록 이 둘이 기억을 열심히 평평하게 다듬어 주고, 그렇게 세월이 흐르면 과거의 고통과 현재의 아픔은 없었던 일처럼 된다.

당시에 마음이 얼마나 아팠는지는 기억하지 못하지만, 그 아픔이 얼마나 강렬했는지는 기억한다.

인생이 이렇다. 열심히 살면 나를 많은 곳으로 데려갈 수 있다.

행복은 두 팔을 쫙 편다고 얻어지는 게 아니라 열심히 잡으려 노력해야 갖는 것이다.

열심히 사는 것, 자신을 대하는 가장 좋은 방법이다. 하루하루 열심히 살며 달라진 내 모습에 흐뭇해 한 다음, 쓸쓸함을 감당하는 거다.

삶엔 현재의 모습만 있는 게 아니며, 인생엔 훨씬 더 많은 가능성이 있다는 걸 깨닫게 될 것이다.

모든 게 그렇다.

행복해지고서 열심히 사는 게 아니라 열심히 살아야 행복해지는 것이다. 용감하게 앞으로 나아가면, 영문을 알 수 없었던 비판들과 거짓말로 포장됐던 유언비어들이 사라질 것이다.

문제에 부딪히거든, 강해져서 해결하든지 독해져서 무시해 버리자. 인생이 잔인할수록 더 멋지게 살아 나가자.

더 나은 인생 세우기 연습

셋

듣기 싫은 말은 듣지 말고,
싫은 사람은 만나지 말자.
남들이 나를 바라보는 시각은 통제할 수 없다.

인생엔 나름의 페이스가 있다.
관심이 있든 없든, 이어지는 하루를 살아 내야 한다.
좋든 좋지 않든, 옛일은 여전히 그 모습으로 존재한다.

원하는 삶을 포기하지 말자.
내가 좋아하는 내 모습은 더더욱 잊지 말자.

내가 괜찮다고 또는 별로라고 하는
남들 말은 상관할 바가 아니다.
내가 나를 어떻게 대할 것인가가
평생의 과제다.

완벽할 수 없는 삶에서 완벽하려 하지 말자

100점은 성적이 우수한지를 나타내는 방법이다. 합리적으로 보이지만, 나는 사회생활을 시작하고 나서야 왜 점수로 학습 수준을 판단하는 것인지에 의문을 가지기 시작했다.

어린 시절 나 역시, 학습 분위기에 대한 기대 속에서 100점 맞는 걸 목표로 삼았다. 그런데 옛날로 돌아갈 수 있다면, 어린 나에게 말해 주고 싶다. '열심히 하면 된다, 100점은 그리 중요하지 않다'고 말이다.

시험 성적은 현재의 학습 수준을 반영하는 것이고, 미래의 능력을 예측할 순 없으니 말이다.

시험에서 만점을 받는 건 물론 칭찬할 일이지만, 그렇다고 만점을 받지 못하면 잘하지 못했다는 뜻이 되는 걸까?

최고 점수인 만점이 학생의 발전 가능성을 제한하는 건 아닐까?

항상 높은 점수만 받는 학생의 경우, 학년이 올라가서 자신보다 성적이 좋은 친구를 만나거나 사회에 나가 더 어려운 시련에 부딪히면 재빨리 마인드를 조절해 그 상황을 감당할 수 있을까?

스탠퍼드대 캐럴 드웩 교수가 진행한 사고방식에 관한 연구는 '성장형 사고방식'과 '고정형 사고방식'이 사람에게 미치는 영향을 이해하는 데 도움을 줬다.

학생이 학업을 대할 때 또는 성인이 업무나 사업을 대할 때, 어떤 마음가짐을 지니고 어떻게 사고하느냐에 따라 성과가 거의 결정된다.

성장형 사고방식은 실패의 충격을 담대하게 받아들이게 해 주고, 공부가 주는 기쁨도 누리도록 해 주는 마음가짐이다.

고정형 사고방식은 자신을 쉽게 부정해 자신의 완벽하지 않음을 증오하고, 공부를 스트레스로 여기며 변화에 반발하게 되는 마음가짐이다.

고정형 사고방식이 사람에게 주는 영향을 우려한 캐럴 드웩 교수는, 안타까운 에피소드를 하나 들려줬다.

프랑스의 유명 셰프 베르나르 루아조의 파란만장한 인생 이야기다.

청소년 때부터 메인 셰프가 되기로 마음먹은 루아조는 뛰어나면서도 혁신적인 요리로 깊은 인상을 줬고, 요식업계에 들어선 지 몇 년 지나지 않아 미쉐린 가이드로부터 천재라는 명예를 얻었다. 또 24세라는 나이에 인지도 높은 레스토랑의 메인 셰프가 되어, 많은 이가 평생 꿈꾸는 위치에 올랐다.

명성이 차츰 퍼지면서 루아조 셰프는 독창적인 요리 아이디어로 음식에 대한 사람들의 상상을 정복해 나갔고, 1982년엔 메인 셰프로 있던 레스토랑을 인수했다.

그 후 경영 일선에 나서, 레스토랑을 단숨에 '미쉐린 3스타'라는 최고 영예의 자리로 끌어올렸다.

당시 그는 겨우 만 40세였음에도 여러 권의 요리책을 출간했고, 직접 코치해 유명해진 가정 요리 '레토르트 파우치' 시리즈도 있었으며, 미식의 도시 파리에 레스토랑을 세 개나 열었다.

열심히 또 진지하게 미식에의 열정을 세상과 공유한 루아조 셰프, 인생의 정점에 들어서는 듯했던 그는 헛소문 하나 때문에 나락으로 떨어지고 만다.

당시 아시아 요리가 유럽, 미주 지역의 미식계를 휩쓰는 바람에 전통 프랑스식 요리는 엄청난 시련을 겪었고, 루아조의 레스토랑은 매출이 떨어지기 시작했다. 사람들의 입맛도 변해, 미쉐린 가이드의 레스토랑 평가 방향도 바뀌기 시작했다.

한 유명 가이드가 그의 요리 점수를 깎았고, 또 다른 유명 가이드도 그의 레스토랑에서 별 하나를 빼 버렸다.

루아조 셰프는 스스로를 향한 요구가 매우 높았고, 남들이 알아채지 못하는 디테일에 집중할 정도로 높은 직업윤리 의식을 가지고 있었다. 미각이 예민한 건 물론, 모든 일에 완벽을 추구했다.

덕분에 미식계에서 빛을 발할 수 있었던 것이다. 어쩌면 그래서, 그의 인생에 뜻밖의 전환점이 등장한 건지도 모르겠다.

레스토랑 경영과 재정 압박 속에서 별 하나를 뺐다는 소문이 진실의 풍문이 되어, 2003년, 베르나르 루아조는 집에서 총으로 자결했다. 향년 52세였다. 손에 있던 엽총은 수년 전 아내에게서 선물 받은 것이었다.

그가 죽은 후, 역시 3성급 메인 셰프였던 자크 라믈루아즈는 언론을 통해 루아조가 생전에 한 말을 전했다.

"별 하나를 잃으면, 난 나를 죽일 거야."

한 달도 안 되어, 레스토랑의 성급을 떨어뜨린 소문의 근원지였던 미식 가이드는 대중의 호기심 속에 새로운 평가지를 출간했다. 고인이 된 셰프의 이름을 딴 레스토랑은 예전처럼 3성급의 명예를 유지했다.

인터넷에서 베르나르 루아조의 사진을 검색해 보면 그의 전매특허인 밝게 웃는 얼굴이 나와, 충격적인 방식으로 세상을 떠났다는 사실을 상상하기 어렵다.

그가 세상과 이별함으로써, 미식에 대한 세상의 상상 공간도 줄어들었다. 그렇게나 훌륭한 성취를 거두고 평생 자신이 사랑하는 일을 한 사람도 타인이나 언론의 비판으로 자신을 포기할 수 있다니, 참 의아하다.

완벽 추구의 최대 함정이 바로 여기에 있다. 사람들 눈엔 아무리 잘 지내는 것처럼 보여도, 스스로는 항상 부족하다고 여기는 것 말이다.

상상 속의 완벽함이 너무 매력적인 모습이어서인지 혹은 완벽을 추구하는 게 인간 진화의 메커니즘이 되어 버려서인지, 흰빛을 보면 달려드는 불나방처럼 미래에 대한 기대를 품고 어떠한 대가도 불사하며 완벽을 향해 달려든다.

완벽이란 게 정말 아름답다면, 왜 그렇게 많은 사람이 삶의 불안함 속에 놓이고 왜 주위의 진정한 아름다움은 타인의 비평 어린 시선 때문에 가려지는 걸까.

까닭 없이 당신을 비판하는 사람의 세계는 원래부터 비판으로 넘쳐나고, 당신을 먹칠하는 사람은 원래부터 손에 검은 흙을 쥐고 있다.

이유 없이 일어나는 일은 드물다. 누군가가 내게 고의로 상처를 줄 수 있고, 많은 경우 내 일상은 그의 위협으로 변한다. 질투라는 감정이 삼켜지지 않으면, 그는 다른 말로 내뱉는다.

헛소문의 주인공이 되면 당연히 기분이 좋지 않지만, 어떻게 해야 그들에게 맞춰 조금이나마 기분이 나아질 수 있을까? 타인의 미움을 사지 않으려다 자신을 미워하게 되는 경우가 많다.

얻어야 할 게 있으면 노력하고, 지켜야 할 게 있으면 물러서지 말자. 하지만 내 시간을 계속 그들에게 소모하진 말자. 선하게 대처할 순 있지만, 일을 마무리하려 그럭저럭 타협하진 말자. 악의적인 소란에 맞닥뜨릴 땐, 열심히 사는 게 가장 당당하게 맞서는 방법이다.

인생은 나만의 전담 무대다

당신은 완벽을 추구하는 사람이 아닐 수도 있다. 하지만 완벽주의자는 아닐지라도 자신을 잘못 대해 완벽을 추구하는 함정에 빠질 수도 있다. 다음과 같은 상황이 있었는지 한번 생각해 보자.

사장님이 잔뜩 화가 나 사무실로 들어갔다.
내가 뭘 잘못한 건지 걱정된다?

친구의 표정이 갑자기 가라앉았다.
내가 말실수를 했는지 불안해진다?

일의 결과가 좋지 않다.

'진작 알았는데' 하는 고민으로 괴로워진다?

아이가 까닭 없이 울며 떼쓴다.

내가 잘 돌보지 못했다는 죄책감이 든다?

한 가지 더 묻겠다. 수업 시간에 선생님이 질문했을 때, 당신은 적극적으로 손을 드는 학생이었나?

그동안의 강연 경험으로 보면, 대다수는 적극적으로 손을 들지 않는 축에 속한다. 어쩌면 부끄러워서, 어쩌면 너무 사적인 문제여서 그럴 것이다. 내 생각엔 남들이 내 문제를 너무 간단하다고 생각할까 봐, 그래서 망신을 당할까 봐 두려워서 그런 것 같다.

'타인이 나를 어떻게 볼까'라는 걱정이 완벽 추구라는 표면 아래 숨겨져 있는 것이다.

영국 학자 토마스는 연구를 통해 갈수록 많은 사람이 완벽을 추구하는 경향이 있다는 걸 발견했다. 그 원인으로 어릴 때부터 시험 점수를 성공으로 여기는 지도 방향, 인터넷 및 SNS와 미디어의 발전, 다변하는 경제로 인한 시련 그리고 성공에 대해 그릇된 기대를 심는 현대 사회 문화가 포함됐다.

현대인이 완벽을 추구하는 이유도 기존에 정의된 '완벽'과 달라졌다. 일 자체에 초점을 두고 더 많이 그리고 더 잘하는 걸 기대하는 게 아니라, 사회생활에 압박을 받으며 자신이 일을 덜 하고 또 제대로 하지 못하고 있다고 생각한다.

"어릴 때부터 우리는 단계별로 무수한 시험을 거치며 점수나 등수로 성공 여부를 확정 짓는 훈련을 받는다."

토마스의 말은 우리를 되돌아보게 한다.

이 세상에 완벽한 사람은 없다, 완벽한 삶도 없다. 우리는 모두 단점이 있다. 우리는 사람이기에 스스로를 완벽 추구라는 함정으로 밀어 넣어선 안 된다. 완벽할 수 없는 삶에서 완벽을 추구하려는 건 아주 위험한 일이다. 인생에 정답 같은 건 없기 때문이다.

어린 시절엔 잘 몰랐고 또 선택의 여지도 없어서 그저 성적이라는 계단을 따라 위로 올라갔지만, 어른이 된 우리에겐 선택의 여지가 있다.

인생은 나만의 전담 무대다. 어떤 공연을 펼칠지 스스로 결정하고 즐겁게 공연하는 게 중요하다. 박수를 쳐 줄지는 남들이 결정하기에 강요할 필요도 없고 해서도 안 된다.

나이가 들수록 타인의 결정을 내가 정할 수 없다는 이치를 깨달아야 한다. 스스로는 잘한 것 같은데 남들은 결점만 주목할 수도 있고, 별 생각 없이 한 말이 누군가에게 함부로 한 말로 전달될 수도 있다.

사람과 사람 사이에 절대적인 좋음과 나쁨은 존재하지 않는다. 불친절한 사람을 만나면 아무리 잘해도 비판을 받고, 응원해 주는 사람을 만나면 열심히만 해도 완벽하다고 여겨 준다.

이게 바로 무대다.

인생은 나의 것이니 내 마음을 따라가고, 박수를 쳐 주는 손은 타인의 것이니 저들이 좋다면 그것으로 된 것이다. 박수가 나오면 한껏 즐기고, 박수가 나오지 않으면 열심히 살면 된다. 통제할 수 없는 일에 내 즐거움이 좌지우지되지 않게 하는 게 무엇보다 중요하다.

더 나은 인생 세우기 연습

넷

간파해도 발설하지 말자,
폭로되는 걸 견디지 못하는 사람들이 있으니까.

어떤 말은 마음속으로만 하는 게 좋다.
모두가 좋게 들어 주는 건 아니고
모두가 호의라고 여기지도 않으니까.

어떤 꿈은 묵묵히 노력하기만 하면 된다.
모두가 당신을 좋게 봐 주는 건 아니고
모두가 당신이 꿈을 이루는 걸 기쁘게 여기진 않으니까.

하늘 아래 사람이 아무리 많아도
당신을 이해하는 건 몇몇뿐이다.
겉으로 드러나는 성공 여부는 남들이 정의하는 것이고
내면적으로 잘 지내고 있는진 나만 안다.
그리고 나만 결정할 수 있다.

내일 다시 시작할 수 있다는 깨달음

20년의 시간을 들여 겨우 이해한 영화가 있다. 현실과 완전히 괴리된 이야기지만, 현실 생활을 딱 맞게 반영한 영화 〈사랑의 블랙홀〉이다.

겨울 눈이 아직 녹기 전쯤, 일기예보관 필은 떨떠름한 마음으로 취재차 작은 마을에 파견된다. 돌아오는 날 밤, 폭설로 길이 통제돼 어쩔 수 없이 마을에서 묵는다. 이상한 점은, 취재 당일에 발생한 일이 이후 매일 같이 재현되는 것이다.

매일 아침 6시 필은 똑같은 방송 내용에 잠에서 깨고, 문을 나서면 똑같은 사람을 만난다. 그들은 똑같은 옷을 입곤 필에게 똑같은 방식으로 인사한다.

모든 게 같은 시간, 같은 장소에서 1분 1초도 어긋나지 않고 일어난다. 생활이 길에서 반복적으로 송출되는 광고 같다.

영화는 이 기이한 사건에서부터 전개된다.

필은 자기 생활을 통제할 권리를 잃는다. 그가 유일하게 통제할 수 있는 건, 그날 반복해 살아갈 하루를 어떻게 '계획'할 것이냐다.

필은 처음엔 그래도 신이 났다. 모든 이의 기억이 컴퓨터 하드웨어를 재부팅하듯 깨끗해지고, 오직 자신만 모든 일을 기억하기 때문이었다. 필에겐 꿈같은 멋진 일이었다.

마을 사람들은 매일 그를 새 친구로 대하지만, 필은 모두를 잘 알고 있다. 어둠 속에서도 모든 걸 알고 있는 미래의 메신저처럼 모든 마을 주민의 행동을 잘 알고 또 모든 걸 장악할 수 있다는 느낌에, 필은 자신을 신처럼 생각하기에 이른다.

필은 이런 생각까지 한다.

'다음 날 모든 게 다시 반복된다면, 무슨 짓을 해도 괜찮다는 거잖아?'

필은 무절제하게 흥청망청 먹고 마시며, 방금 사귄 이성과 친밀한 관계를 갖고, 심지어 적절한 타이밍에 사각지대에서 현금 수송 차량에 접근해 지폐 한 주머니를 가지고 도망가 버리기까지 한다.

필은 매일 제멋대로 나쁜 짓을 일삼는 것처럼 보이지만, 사는 게 재밌다. 하지만 예전과 마찬가지로, 신선한 체험은 금방 소진되고 만다.

마을은 워낙 소박한 곳이라 재밌는 일도 며칠 지나니 옛날 일이 되어버리고, 변화가 많지 않은 생활도 필을 현실로 되돌려 놓으니, 장난감 레일에서 기차가 계속 돌고 도는 것과 같은 일상이 되기 시작한다.

열정이 없어지니, 필은 일상이 차츰 지루해지고 멋진 꿈은 악몽으로 변해 간다.

필은 자신이 모든 걸 장악하고 통제한 줄 알았지만, 사실 자신이 모든 것에 통제당하고 있었다.

마을 주민들은 매일매일 새롭게 '0'이 되기 때문에 일상을 반복해 살아야 한다는 괴로움이 없다. 반면 필은 갖은 방법으로 어떻게든 무한하게 순환하는 일상에서 벗어나려 하지만, 다음 날엔 어김없이 전날의 기억을 고스란히 안고 6시에 일어난다.

필은 걱정이 되기 시작한다. 무미건조한 생활이 바로 남은 반평생이란 사실을 깨닫는다.

변화의 계기는 눈앞의 사실을 받아들인 후 일어나는 법이다.

한동안 낙심했던 필은, 수동적으로 일상을 반복하느니 적극적으로 다르게 생활하는 게 낫다는 걸 인식한다.

외부에서 일어나는 일은 매일 똑같지만, 다른 일을 함으로써 내면의 깨달음에 변화를 줄 수 있는 것이다.

필은 피아노를 배우기 시작하고, 마을 주민의 생활 풍습에 적극적으로 융화한다.

얼음 조각 만들기를 연습하며 이웃과 즐겁게 지내고, 나무에서 떨어진 사람을 구하러 가고, 길에서 집 없이 떠도는 사람을 돕는다.

필은 따분했던 하루하루를 열심히 살아 뿌듯한 하루하루로 만드는데, 많은 친구를 만들고 마음에 드는 여성과 사귄다.

인생의 진짜 의미를 찾아가는 것이다.

반복되는 매일을 살고 싶은가? 대부분은 반복되는 생활을 원치 않으리라 생각한다. 매일 똑같은 일을 하고 똑같은 삼시 세끼를 먹으며 똑같은 나날을 지내야 한다는 뜻이니 말이다. 운이 없으면, 재수 없는 일도 매일 똑같이 겪고 싫은 사람도 매일 만나야 한다.

현대인의 일상은 변화가 크지 않아 보인다. 비슷한 시간에 일어나, 비슷한 시간에 문을 나서고, 같은 시간에 오는 교통수단에 비집고 올라타며, 매일 같은 사람들을 만난다.

하지만 최소한, 평범한 일상에서 조금의 변화는 있다.

똑같이 반복되는 일상을 살아야 한다면, 말할 것도 없이 따분할 테다. 다만 매일 반복되는 일상을 살더라도 수동적인 태도에서 적극적인 태도로 바꾸길 원한다면, 반복되는 일상을 의미 있게 살 수 있을 것이다.

오로지, 내 마음의 방향만 정한다

인생을 잘 경영해야 한다. 내가 10여 년 전 영화 <사랑의 블랙홀>을 처음 봤을 때 깨달은 점이고, 지금까지 쭉 나 자신을 일깨우고 있다.

하지만 이 영화에서 받은 가장 큰 감동은 그게 아니다.

최근 들어서야 이 영화를 새롭게 이해하게 되었고, 그전까진 내가 이 영화를 제대로 이해하지 못했다는 사실을 알았다.

반복되는 인생을 산다면 또는 '내일이 없는' 인생을 산다면, 우리는 더 많은 용기가 생기고 타인의 생각을 그리 신경 쓰지 않아도 되는 게 아닐까? 좋아하는 사람에게 용감하게 마음을 표현할 수 있지 않을까? 바라는 삶을 실현하고자 노력하지 않을까? 아직 이루지 못한 일은 없는지 고민하지 않을까?

내일이 없다는 건 추상적인 개념이고 내일은 결국 온다는 사실을 우리는 다 알고 있지만, 내일이 없는 사람들의 마음 변화를 엿볼 수 없는 경우도 있다. 지진을 겪는 등 자연재해가 발생한 이후처럼 말이다.

인류는 지구에서 먹이 사슬의 꼭대기에 있긴 하지만, 자연재해 앞에선 다른 동물들과 똑같이 약하다. 아니, 훨씬 더 약하다.

예전에 한 학술 문헌에 이와 관련된 연구 논문이 게재된 바 있다. 사람은 지진, 홍수, 허리케인 등 인생에서 중대한 사고를 겪은 직후, '더 이상 내일은 없다'는 생각이 생기고 마음가짐도 크게 바뀌어 알 수 없는 미래를 대하는 마음과 행동이 모두 달라진다는 것이다.

관찰의 편의를 위해 연구자는 돈에 대한 가치 판단의 변화로 결과를 살폈다. 사람은 재난을 겪은 후 저축 의식이 감소한다. 그보다 로또를 사고 싶어 하고 불확실한 일에서도 과감하게 승부를 건다는 사실을 발견했다. 흡연, 음주와 같은 행동의 비율은 조금 증가했다.

간단히 말해, 사람은 재난의 무자비한 상처를 겪은 후 다신 내일이 없을 걸 걱정해 그전보다 더 위험을 감수하며 이전엔 하지 못했던 일을 하려 든다.

내 경우엔, 불과 28세 때 오른쪽 눈에 갑자기 복시가 생겨 살아가는데 큰 타격을 입었다. 원래대로 돌아간 후엔 내 생각을 확실히 더 중요시하게 되었다. 하여, 사회의 기대를 과감히 던져 버리고 수입을 잃는 위험을 감수하며 직장을 그만두기로 결심한 것이다.

복시가 나타났던 당시엔 참 막막했지만, 집에서 요양하는 동안 내가 가고 싶은 길을 직시할 기회를 얻었다. 건강을 잃을 수도 있는 상황에서 공황감이 사람 마음을 어떻게 침식하는지 깨달았다.

오른쪽 눈이 복시라 직장을 구할 수 있을지 확신할 수 없었고, 기존의 인생 계획을 실현할 수 있을지도 불확실했다. 평범한 내일이 내게 더 이상 친숙한 내일이 아닐 수도 있다는 것에 걱정이 됐다.

눈이 회복된 후에도 미래에 대한 불확실의 느낌은 사라지지 않았다.

그래서 새로운 의지를 불태워 회사를 관두기로 결정하고, 내가 원하는 삶을 탐색할 시간을 확보하라며 나를 재촉했다.

인생이 한 권의 책이라면, 그 나날들은 내가 특별히 표시해 두고 가끔 펼쳐 보며 당시의 인생 과정을 곱씹어 보면서 감정이 들썩거릴 때 삶에 꼭 필요한 리듬을 알려 주는 페이지다.

불확실한 일을 만났을 때 사람이 가질 수 있는 통제권은 크지 않다. 사람은 과거를 바꿀 수 없다, 바꿀 수 있는 건 과거를 대하는 방법뿐이다. 일의 방향도 결정할 수 없다, 결정할 수 있는 건 마음의 방향뿐이다.

〈사랑의 블랙홀〉 주인공 필처럼 인생에서 더 이상 내일이 없는 곤경에 처하면, 오늘을 열심히 살게 된다. 흩어진 날들 속으로 완전한 나를 마음 놓고 반죽해 넣으면, 모든 게 밝아지기 시작한다.

인생에선 나도 모르게 무력감에 빠지는 때가 있기 마련이다.

남들에게 듣기 싫은 소리를 듣거나, 내가 더 이상 스스로 기대했던 모습이 아니라는 걸 깨닫거나, 늦어 버린 과거를 후회하거나, 인생이 대답하기 어려운 문제를 던지거나.

그러나 사람이 지치는 건, 시간이 없을 만큼 바빠서라기보다 내가 없어질 만큼 바빠서다. 안정감을 잃을 때가 있다, 외부에서 안정감을 찾으며 자신을 포용하는 법을 잊기 때문이다.

어제를 다시 살 수 있는 사람은 없지만, 내일 다시 시작할 수 있다는 걸 스스로 되새기길 바란다. 최대 고통 중 하나가 바꿀 수 없는 일에 계속 얽매이는 것 아니던가.

더 나은 가능성을 보려 시도하자. 아무리 엉망인 일도 시간이 가면 점점 별거 아니게 된다.

상황이 금방 호전되진 않겠지만, 지금 겪는 모든 일이 훗날 더 좋은 의미를 가지게 될 거란 걸 믿자.

더 나은 인생 세우기 연습

다섯

불안함을 밤까지 가져가지 말고
고민을 다음 날까지 끌고 가지 말자.

쉽게 얻어지는 건 없다.
누구든 잘 지내길 갈망하고 사랑받길 원한다.

진짜 잘사는 사람은,
처음엔 눈에 띄지 않는다.
한쪽에서 조용히 행동할 뿐이다.
자신만의 페이스로,
자신의 방향으로 가며,
뿌듯한 인생을 산다.

좋은 일을 만나면 즐겁게 지내고,
어려움을 만나면 세심하게 처리하자.
내일이 좋을지 나쁠지는 아무도 모르지만,
오늘의 평온함은 우리 자신의 몫이다.

삶은 천천히
원하는 모습에 가까워진다

오른쪽 눈의 건강이 회복되자 나는 퇴사를 결심했다. 1년 전부터 퇴사할 마음을 먹었지만 억누르고 있던 터였다.

당시의 현실을 따져 보면, 그 직장은 내 미래에 유리했다. 엔지니어는 수입이 꽤 높았다. 커리어 개발 측면에서도, 10인 미만의 작은 팀에서 출발해 4~50명 규모로 급성장한 사업체에 속해 있었는데 관리직은 계속 부족했기에 동기들보다 승진 기회가 훨씬 많았다.

파랑 위에 있으면 파도를 타고 자연스럽게 앞으로 간다던데, 당시 나는 팀 성장의 파랑에 있었다.

나로선 회사를 떠나면 새로운 기회를 탐색할 수 있지만, 전망이 좋은 미래 커리어를 포기해야 했다. 안정적인 생활은 가능하겠지만, 10년 후의 내가 이 선택을 어떻게 바라볼 것인지에 대해선 확신할 수 없었다. 그 선택을 뿌듯해할까? 이후의 길을 가며 아쉬워할까?

지금에 와서 보니 당시 퇴사를 선택한 건 더 넓은 삶과 바꾼 셈이었지만, 다시 선택하라면 똑같은 길을 고를지 자신은 없다. 인생은 선택의 연속이라고 하던데, 선택을 잘하진 못하는 것 같다.

최근에 일을 선택해야 하는 상황이 또다시 닥쳤다.

2017년 동영상 콘텐츠 시장이 눈에 띄게 성장했고, 나 또한 호기심이 발동해 동영상 채널을 개설했다. 공부한 내용을 공유하고, 색다른 모델을 통해 사람들에게 성장 동력을 부여하는 콘텐츠를 제공한다.

시청자들의 긍정적인 응원과 지지를 많이 받으며, 채널 구독자 수도 꽤 많아졌다. 하지만 동영상 채널 만든 걸 후회하며, 콘텐츠 업데이트를 할까 말까 고민한 적도 있다.

2011년부터 블로그에 글을 쓰기 시작해 문자로 독자와 소통하는 일에 익숙해지긴 했지만, 그 이전까진 말로 표현하는 능력에 더 자신이 있었다. 회사에서 강사로 일한 경험도 있어, 어떤 일을 말로 설명하는 게 낯설지 않았다.

극복해야 할 유일한 문제는, 카메라 앞에서 혼자 말하는 것이었다. 한참의 시간을 들여서야 청중과 상호 작용이 없는 상황에 적응했다.

전체적으로 보면 동영상 채널은 참 색다른 공유 채널이고, 콘텐츠 업데이트를 꾸준히 해 나가다 보니 성적이 나쁘지 않다.

운영 초반엔 예상하지 못한 어려움도 생겼다. 붕괴해 추락하는 큰 돌덩어리가 내게 굴러오는 것 같았다.

인터넷에서 동영상 제작의 주류 모델은 생활과 엔터테인먼트가 주를 이루는 반면, 내가 공유하는 콘텐츠는 지식 학습 위주라 소재가 진지한 편이고 소화하기 쉽지 않다.

동영상 플랫폼도 더 많은 사람이 와서 봐 주길 원하므로, 이런 유형의 동영상을 적극적으로 밀어 줄 확률은 극히 낮았다.

글쓰기도 더 많은 사람이 지식형 소재를 수용할 때까지 동영상 콘텐츠 내용과 보조를 맞춰야 하나? 동영상 채널 운영을 중단하면, 그간의 노력은 모두 헛수고가 되는 건 아닌가?

한 바퀴를 빙 돌아, 다시 퇴사를 할까 말까 선택하던 시점으로 돌아갔다. 눈앞의 광경은 전혀 다르지만, 똑같이 곤혹스러운 사거리에 있었다.

이 문제는 사라지질 않는구나.

또 다른 방식으로 존재감을 일깨워 주는구나.

해외에 나가 내게 생각할 시간을 주기로 했다. 늘 가고 싶었지만 결코 가기 쉽지 않았던 곳, 캐나다 퀘벡을 골랐다.

새길과 옛길 사이에서 찾는 균형

퀘벡을 알게 된 건, 한국 드라마 〈도깨비〉 덕분이었다. 하지만 퀘벡을 제대로 알게 된 건, 역사 발자취로 가득한 그곳에 도착한 후였다.

퀘벡에선 여러 문화가 충돌했는데, 언어도 그중 하나였다. 퀘벡 시는 캐나다에 있지만 영어를 제1언어로 사용하지 않는다. 현지 주민은 프랑스어로 말하는 게 더 익숙하다.

도시는 리모델링 계획에 따라 신시가지와 구시가지로 나뉘어 있었고, 내가 방문한 구시가지에선 프랑스어로 대화하는 게 더 많이 들렸다. 어떤 상점에선 아예 영어로 소통하기가 어려웠는데, 그땐 세계 공통 언어인 손짓과 표정으로 뜻을 전달할 수밖에 없었다.

인터넷에서 퀘벡에 관한 자료를 꽤 찾을 수 있었는데, 특히 흥미로운 게 하나 있었다. 퀘벡은 과거 유럽과 아메리카의 사거리로 여겨졌기에 미국, 프랑스, 영국 문화의 매력을 동시에 경험할 수 있다.

옛날부터 세계 각국에서 북아메리카 문화를 체험하고자 이곳을 찾았는데, 한편으론 북아메리카 주류 문화와 얼마간 거리를 둘 수 있었다. 모호한 아름다움이 참으로 매력적으로 다가왔다.

말하자면 퀘벡은, 오래된 도시이면서 갖은 방법으로 활력을 불어넣으려는 관광지다. 여행 명소라고 하기엔 구시가지 전체에 상점이 그리 많지 않고, 시설 좋은 호텔도 없으며, 갈 만한 관광지도 별로 없다.

이런 요소들이 균형 있게 뒤섞여, 구시가지는 독특한 동화적 매력으로 충만했다. 나의 여행 목적은 마침, 구시가지에 가득한 느낌과 잘 맞물렸다. 나는 새길과 옛길 사이에서 균형을 찾고 싶었다.

내가 아는 나는, 목표 지향적인 사람이다. 목표가 생기면 동력이 샘솟는다. 그러나 누구든 막막한 시간이 닥치기 마련이다. 이때 급하게 목표를 설정하면, 진심으로 원하는 게 아닌 경우가 많다. 목표대로 실행해도 삶의 중심을 찾지 못하고, 흘러가는 시간만 멍하니 쳐다본다.

새로운 사거리 중간에 서서, 시간을 좀 더 들여 고민하고 마음을 가다듬고 싶었다. 채널을 계속 운영할 작정이라면, 그동안 갈망했던 목표를 이룰 수 있는 공간이 되었으면 했고 업무 단계의 색다른 이정표를 다시 개척하고 싶었다. 얼마간 희생이 따르리라는 걸 알았지만, 내가 이룰 수 있을지 없을지를 알고 싶은 마음이 더 컸다.

퀘벡으로 출발하기 전에 주저하며 결정하지 못한 일이 또 하나 있다. 그 때문에 일정을 취소할 생각까지 했다. 이번 여행을 포함하면 전체 일정을 완주하는 데 반년 넘는 시간을 써야 할 것이고 그중 열흘 이상은 해외에 있어야 하므로, 작업 진도가 들쭉날쭉해질 게 분명했다.

해외에 나갈 땐 일과 거리를 두는 편이고, 글쓰기도 잠시 중단한다. 게다가 동영상을 촬영할 시간도 적어진다. 동영상 콘텐츠를 정기적으로 업데이트하지 않으니, 채널 조회 수와 신규 구독자 수가 떨어진다.

그래서 꽤 고민했고, 정말로 여행을 갈 건지 생각을 굳히기도 전에 채널이 푹 꺼져 재기하기 어려우면 어쩌나 생각했다.

그러면서도 마음속으론 계속 내게 되새겼다.

'어떤 일을 할 때 근심을 놓지 못한다면, 당신이 그걸 소유하는 게 아니라 그것이 당신을 소유하는 것이다.'

회사를 그만두기 전에도 비슷한 느낌이었는데, 지금 새로운 어려움 앞에서도 같은 생각이 들었다. 출발에 대한 답이 명확해졌다.

'꼭 가야겠다.'

여행을 떠나는 이유

퀘벡에 도착하기에 앞서 뉴욕에 들렀다. 세계의 지표 같은 도시에 처음으로 발을 들여놓은 것이다. 뉴욕과 퀘벡은 비행기로 두 시간도 채 안 되는 거리지만, 도시의 면모는 완전히 달랐다.

똑같이 100년 역사가 조각한 흔적이 가득했지만, 도시의 매력은 사람과 문화로 넘치는 활력에서 돋보였다. 아직 성장기에 있는 청소년처럼,

매일 신선한 일이 눈앞에 펼쳐졌다.

가장 인상 깊었던 건 녹지가 참 많다는 점이었다. 작지만 숨 쉴 수 있는 공원이 간간이 있어, 바쁜 생활 속에서 내가 원하는 게 뭔지를 잠시나마 생각할 수 있었다.

공원을 천천히 거니는데, 런던에 갔던 때가 떠올랐다. 런던의 녹지도 매력적이었다.

뉴욕과 런던, 두 도시의 녹지는 전혀 달랐다.

런던의 녹지는 피크닉에 딱이다. 언제든 풀밭에 누워 쉴 수 있다. 반면 뉴욕의 녹지는 아름답고 작은 화원 같다. 공원 벤치에 앉아 나무와 꽃, 풀에 둘러싸여 보호받으며 바깥의 고층 빌딩을 차분히 바라보면 고요함을 만끽할 수 있다.

어느 날엔 맨해튼 중심가의 브라이언트 공원에 갔다. 길가 푸드 트럭에서 버팔로윙 1인분을 사고, 커피와 케이크 한 조각을 가져갔다.

아름다운 공원에 앉아 있노라니, 모든 생각이 내게 집중됐다. 그 순간, 주위는 조용하고 공기는 가볍고 마음은 꽉 찼다.

여행하며 명소들을 그냥 지나칠 수 없겠지만, 현지 도시 속 일상생활에 들어가 보는 일정을 짠다면 색다른 문화를 느낄 수 있고 현지인과 나 사이에서 충돌하는 사고방식도 느낄 수 있다.

내가 여행을 하는 목적 중 하나다.

뉴욕에 머문 며칠 동안 특별히 날씨가 좋은 날을 택해, 오후 4시쯤 시가 중심의 고층 빌딩에 올랐다.

일몰과 야경을 제대로 보자는 생각이었다. 바쁘고 피로한 도시 상공의 황혼과 야경은, 생각했던 것보다 훨씬 아름다웠다.

86층의 높은 곳에 서서 내려다보며, 셔터를 눌러 사진을 여러 장 찍었다. 눈앞의 순간을 남길 수 있을 거라고 생각했다. 가져갈 수 없는 장면이라는 걸 잘 알면서도, 어떻게든 추억으로 바꾸려고 노력했다.

이런 게 인생 아닐까? 여행에서 답을 얻었는지 나도 잘 모른다. 어쩌면 구실을 찾아 여행 속에 숨어 잠시 숨을 돌린 것뿐인지도 모른다.

이런 게 인생 아닐까? 의미 있게 살아갈 수 있다면 좋겠지만, 때론 의미 없는 일이야말로 해 볼 가치가 있다. 한 가지 일을 끝마쳤다고 반드시 의미가 생기는 것도 아니다.

채널을 운영하자는 결정으로, 블로그에 글을 쓸 때처럼 새로운 이야기를 펼쳐 갈 수도 있을 것이다. 얼떨떨한 과정에서 차츰 스스로의 무게를 느껴 가는 것이다. 무게가 느껴지지 않더라도, 파편이 다시 모여 여행을 마무리해 주길 기대한다.

많은 경우, 목표에 도달하고 싶어 또 이정표를 완수하고 싶어 급급하다. 생활 리듬은 현실에 떠밀리듯 점점 빨라지고, 불안감도 점점 쌓여 두터워진다. 그럼에도 어떤 단계에 있든지, 돌아보면 인생은 하나의 선과 같다.

앞을 보면 늘 어지러이 흩어진 점선이라, 명확한 궤적을 따라 원하는 곳으로 가는 경우는 드물다. 이쪽에서 가다 서다 하고 저쪽에서 빙빙 돌다 보면, 삶은 서서히 원하는 모습에 가까워진다.

남은 인생이 아직 길다. 타인의 성취로 자신을 인식하지 말고 타인의 기대대로 살 게 아니라, 나답게 멋지게 살자.

지금의 처지가 어떻든 노력을 무시하지 말자. 문제가 답을 얻으려면 시간이 필요하고, 막막함이 또렷해지려 해도 시간이 필요하다.

보이지 않는 자그마한 진도들이 당신을 위해 열심히 계산하고 있다는 사실을 언젠가는 알게 될 것이다.

더 나은 인생 세우기 연습

여섯

길을 잘못 들었다고 두려워하지 말자,
빙빙 돌다 더 좋은 시절을 만날 수 있다.
출발이 늦었다고 두려워하지 말자,
꾸준히 가면 더 먼 곳에 도착한다.

인생은 음표 같아서
자신만의 음악을 그릴 능력이 있다.
선율이 비슷비슷하게 들려도
박자가 빠르기도 하고 느리기도 한,
완전히 다른 스타일이다.

인생은
비교할 수 없고 비교해서도 안 된다.

시간과 함께
서서히 흘러가게 하자

퀘벡을 떠나기 전날 밤, 카메라 액세서리를 잃어버렸다.

보기엔 볼품없지만 50만 원이 넘는 휴대용 셀프 촬영 삼각대였다. 게다가 산 지 두 달도 안 되는 것이었다. 처음으로 해외에 가져갔고, 아직 사용해야 할 여행 일정이 며칠 더 남아 있었다.

카메라 파우치에 있어야 할 게 없다는 걸 알았을 때, 마음 깊은 곳에서 당혹감이 훅 올라왔다. 가장 최근에 삼각대가 있던 장면을 머릿속에서 다급히 뒤졌더니, 투숙했던 호텔 근처 공원에 떨어뜨린 게 분명했다.

그 호텔은 아니 여관이라고 불러야 더 맞는 모습의 그곳은, 구시가지에 있어 리모델링을 할 수 없는 건물이었고 모든 방에 열쇠가 있었다.

체크인 날, 사장님에게 열쇠를 받으면서 조금 의아했다. 보통 호텔에 가면 센서 카드를 받았기 때문에, 당시 손에 느껴지는 무게감이 조금 낯설었다.

어쩌면 몇 년이 더 지나 카드 키라는 것도 없어질지 모르지만, 실물 열쇠는 계속 존재할 것이다. 구시대의 몇몇 산물은 대체 불가능하다.

밤이 고요함에 싸이기 전, 휴대 전화와 방문 열쇠를 들고 서둘러 아래층으로 갔다. 마음속으론 수색해 볼 범위를 헤아려 보고 있었다.

'틀림없어, 오후에 그 근처에서 사진을 많이 찍었어.'

불안했지만, 계단을 내려가며 애써 스스로를 위로했다. 낮의 햇빛이 없어지니 길가에 노란 등만 남은 공원은 깜깜해 보였고, 어두운 밤에 안정감을 빼앗기니 나도 모르게 정신이 바짝 들었다. 무의식적으로 주머니의 휴대 전화와 열쇠를 더듬었다.

사람은 안정감을 잃으면 물건을 잡고 싶어 한다고 한다. 눈이 차츰 어둠에 적응하자 공원 모퉁이에 아직 관광객 몇 명이 있는 게 보였고, 그제야 마음이 조금 풀어졌다.

크지 않은 공원이라 금세 삼각대를 떨어뜨린 곳에 도착했고, 손전등 기능을 켜 휴대 전화를 잔디밭에 바짝 붙여 찾기 시작했다. 마음속으론 계속 '삼각대가 어딘가에 누워 내가 집으로 데려다주길 기다리고 있길'

하고 생각했다.

몇 번을 찾아봤지만 그림자도 보이지 않았다. 그 삼각대의 가치를 아는 누군가가 이미 주워 간 모양이었다. 오후에 걸었던 길을 따라 몇 번이나 왔다 갔다 했지만, 잔디밭엔 낙엽과 나뭇가지만 보였다.

실망스러운 마음을 안고 여관으로 돌아왔고, 이튿날도 포기가 안 돼 일찍부터 공원에 가서 계속 찾았지만 결과는 똑같았다. 사라진 게 확실하다는 낙담이 금세 마음을 꽉 채웠다.

그 작은 공원은 퀘벡 여행 일정에서 뜻밖의 발견이었고, 바로 전날 오후에 많은 사진을 찍으며 정말 즐겁게 놀았는데, 공원을 나오기 전에 물건 체크하는 걸 깜빡한 거였다.

삼각대를 잃어버린 우울함에 즐거웠던 추억은 바로 지워져 버렸고, 모순된 두 감정이 마음속에서 다투기 시작했다.

두 감정은 서로 시끄럽게 떠들어 대며, 내가 그중 어느 게 주인공인지 결정해 주길 기다리고 있었다.

'공원을 떠나기 전에 몇 번 더 뒤돌아볼 걸.'

'진작 알았으면 삼각대를 가지고 나오는 게 아니었는데.'

'괜찮아, 공원에서 사진 찍으며 많은 추억이 생겼으니까.'

'어제 나올 때 잘 살펴봤으면 좋았을걸.'

사람은 후회할 때 '만약' '진작 알았으면' 등의 말을 많이 한다. 과거를 부정하면, 발생한 모든 아픔이 내뱉는 말과 함께 사라질 것처럼 말이다.

그러나 시간이 사람에게 주는 깨달음 중 하나는, 돌아갈 수 없다는 사실이다. 인생이라는 길은 영원히 일방통행이다.

후회하며 멈출 수도 있지만, 과거를 바꿀 순 없다.

삶은 진행형이다. 좋은 것과 나쁜 걸 지나가야 한다. 어떤 건 함께 앞으로 가고, 어떤 건 지나가게 내버려 둘 수밖에 없다.

내 것이 아닌 과거를 계속 돌아볼 것인가, 지금 나를 기다리고 있는 아름다움을 찾아 앞으로 향할 것인가.

노력하며 시간에 맡기자

귀국 후, 온라인으로 셀프 촬영 삼각대를 새로 샀다. 똑같은 삼각대인데, 이상하게도 대하는 내 마음은 전혀 달랐다. 원래 있었던 잃어버린 삼각대는 카메라 결합 상품 이벤트로 추가 구매했다.

당시엔 그냥 편리한 삼각대라고만 여겼다. 그런데 이번 여행을 하면서 작은 삼각대의 편리함을 깨달았다. 그래서 두 번째 구입한 삼각대를 애지중지하고 있다. 다음에 함께 여행 갈 날을 기대하며.

별로 중시하지 않았던 삼각대를 잃고 나서 새삼 깨달은 게 있다. 상실은 소유의 과정이고, 다른 각도에서 일을 바라보게 해 주며, 앞으로 무엇을 소중히 해야 하는지 알게 해 준다.

나쁜 일을 만나면 자신의 소유를 잃었다고 여기곤 하지만, 모든 건 언젠가 사라지기 마련이다. 인생의 시작점이 있으면 종착점도 있다. 과정을 잘 즐기지 않으면 시간이 서서히 흘러가는 걸 바라보고만 있게 된다.

인생은 원래부터 잃는 것에서 시작하며, 소유하는 시간은 태어나는 순간부터 사라져 간다. 꽉 잡거나 느슨하게 놓아도, 시간은 우리에게 빌려 준 시간을 야무지게 되찾아간다.

인생의 정수를 좌지우지하려는 생각은 그야말로 터무니없다. 또 뭘 잃었는지 점검하는 게 아니라 소중히 아끼는 법을 배우고 잃은 것의 본질에서 뭘 얻었는지 보는 법을 배우는 게, 평생 공부가 되어야 한다.

흘려보낼 수 없을 듯한 일도 있었지만 시간이 나를 데리고 흘러갔고, 용서할 수 없을 듯한 사람이 있었지만 어느새 억지로 떠올려야 간신히 생각난다는 걸 문득 깨닫는다.

매일 바쁘게 시간을 보내는 듯하지만, 그렇게 하루하루 열심히 살면 좋지 않은 일들은 삶에서 점점 흩어지고 결국 사라져 버린다.

그들과 그 일들이 완전히 사라진 건 아닐 테지만, 마음속에 중요한 일을 더 많이 넣으면 혹은 다른 각도로 지난 일을 바라보는 법을 배우면 그들은 있어도 그만 없어도 그만인 존재가 된다.

내 것은 잘 붙잡아 두고, 내 것이 아닌 건 더 이상 꽉 잡지 말자.

다 울었으면 계속 걷고, 배웠으면 같은 실수를 다시 범하지 말자.

인생은 일방통행이지만 많은 기회가 새로 나타날 것이고, 흘려보내고자 노력하면 다시 온다.

물론 시간이 필요하다. 처음 시작할 땐 몹시 아프고 후회도 따르지만, 생활을 다시 좋아지게 하려면 먼저 내가 나를 좋아지게 해야 한다. 과거의 사랑이든 나쁜 일이든, 시간에 맡기자.

끊임없는 후회는 더 많은 훗날을 잃게 할 뿐이다. 예전의 가장 좋았던 방법은 시간과 함께 서서히 흘러가게 하자.

언젠가는 더 좋은 사람을 만나고 더 좋은 성과를 얻을 것이다. 그전까진 더 나은 내가 되어 더 나은 미래를 기대하려 노력하자.

더 나은 인생 세우기 연습

일곱

시간은 당신을 위해 머물러 주지 않는다.
당신이 자신을 대하는 방법에 반응할 뿐이다.

용기 있게 자신을 위해 살면
시간이 더 많은 용기를 줄 것이고,
일 때문에 늘 고민만 하면
시간은 더 많은 고민을 줄 것이다.

한 걸음 한 걸음 걸어서 좋은 길이 만들어진다.
오늘 잘 살았든 못 살았든 상관없다.
내일, 우리는 계속 노력할 거니까.

넘어져도,
다시 일어나면 그만

일은 아주 고약한 방식으로 등장하곤 한다. 더 나은 방식으로 자신을 복구하라고 일깨우기 위함이다.

대학교 2학년 그해, 내게 큰 상처를 준 사랑을 끊어 내고 갑자기 찾아온 허탈함에 순간 생활의 중심을 잃었다.

놀이공원에 처음 가서 휘황찬란한 놀이기구들에 정신 팔려 행복에 푹 빠져 있는데, 직원이 한쪽으로 데리고 가선 내가 가진 표론 두 명만 입장할 수 있는데 나는 세 번째 사람이라 안 된다고 말하는 것 같았다.

1년여의 시간이 지나고 나서야 그 감정에서 빠져나왔다. 그 1년 동안 아침엔 일어날 기력이 없어 각종 이유를 지어 내 1교시 수업을 빼 먹자고 스스로를 설득했고, 공부할 의욕이 없고 활동에 참여할 의욕은 더 없었으며, 혼자 있을 때면 울고 싶었다.

학업을 등한시하자 기말 성적표에 바로 티가 났다. 여러 과목에서 간신히 과락을 면했다. 당시의 나는 완전히 무방비 상태여서, 시간이 상처를 치유해 주기만을 바랄 수밖에 없었다.

그때 왜 그리 큰 충격을 받은 건지, 지금도 잘 모르겠다.

그래도 가슴이 미어지는 경험을 한 덕분에, 실의에 빠졌을 때 나 자신과 동행하는 법을 배웠다. 그리고 약속이란 게 끝나는 지점이 있어, 한쪽이 한계를 넘으면 홀로 갈 수밖에 없다는 걸 또 누군가 함께 가 준다면 더 소중히 아껴야 한다는 걸 알게 되었다.

워낙 낙관적인 성격의 소환을 받아서인지도 모르겠다. 대학교 2학년 학기가 끝나자 나는 새로운 사물에 다시 호기심을 느끼기 시작했고, 일찍 일어나 1교시 수업에 갈 기력이 생겼다. 3학년 기말 성적은 과 1위로 치고 올라갔고, 4학년 졸업 전에 대학원 시험에도 무사히 합격했다.

실연을 겪고 여러 과목에서 과락에 몰리기까지 그리고 다시 성적이 과 1등이 되고 대학원 시험에 합격하기까지 극적인 전환을 겪고 나니, 그때의 감정에 감사해야 한다는 생각이 절로 떠오른다.

좌절을 겪지 않았다면, 지금의 난 강하지 않을 것이다.

인생이 이렇다. 걸으며 상처를 치유하는 법을 배운다. 감정의 상처를 꿰매는 법을 배우고, 낙심했을 때 계속 걸어가는 법을 배운다.

살면서 한 번쯤은 나다워지는 연습

인생은 서둘러 답을 주지 않는다. 인생은 본래 빈 것이기에, 열심히 나를 메워야 하고 시간을 들여 경험을 빚어야 하며 상처를 통해 누가 중요하고 어떤 일에 집착할 필요가 없는지 일깨워야 하기 때문이다.

분석심리학 창시자 칼 구스타브 융은 말했다.

"좋은 사람이 되고 싶은가, 완전한 사람이 되고 싶은가?"

이 말을 처음 봤을 때 충격이 매우 컸다.

우리는 어렸을 때부터 좋은 사람이 되라는 가르침만 많이 받았다. 어떻게 완전한 사람이 될 것인지를 가르쳐 준 사람은 없었다.

완전한 사람이 된다고 좋은 사람이 아닌 건 아니고 좋은 사람이 되지 않는다고 나쁜 사람이 되는 건 아니지만, 좋은 사람이 되는 대가로 자신을 희생하고 자기 생각을 숨기며 자신을 부스러뜨리고 남들과 영합해야 한다면, 나는 타인에게 좋은 사람이 되기보단 완전한 사람이 되겠다.

완전한 사람은 자신의 모든 걸 받아들인다.

좋은 면과 나쁜 면, 과거와 현재, 장점과 단점, 용기와 두려움, 단순함과 복잡함, 내성적인 면과 외향적인 면, 타인이 싫어하는 면과 자신이 좋아하는 면, 이미 잘 알고 있는 나와 아직 모르는 나, 겉으로 드러나는 의식과 잠재적인 의식, 조금 전의 나와 지금 이 순간의 나. 나는 그냥 나다, 유일한 나다. 하늘 아래 나와 똑같은 사람은 찾을 수 없다.

퍼즐과 비슷하다. 100명에게 똑같은 퍼즐을 맞추게 하면, 사람마다 첫 번째로 집는 퍼즐 조각이 똑같기란 쉽지 않을 것이다. 또 저마다 다른 방법으로 퍼즐을 맞추기 시작할 테고, 처음부터 끝까지 똑같은 순서로 퍼즐을 맞추는 사람은 없을 것이다.

인생을 퍼즐에 비유한다면, 사람들의 인생이 똑같을 수 없는 이유가 바로 여기 있지 않을까? 사람은 저마다 자신만의 방법과 리듬으로 살아간다. 사람의 완전함은, 타인이 생각하는 완벽한 모습이 아니라 자신이 원하는 완전한 모습이 되는 것이다.

물론 어느 날 갑자기 이해되는 게 아니다. 이해되었다면, 완전한 나를 찾은 것이다. 완전한 나를 갖는 건, 찾아가는 과정이고 조금씩 걸러 내는 과정이다.

사람은 모두 다르다는 것 그리고 같을 필요가 없다는 걸 일찍 이해할수록, 인생에서 그 거름망을 일찍 펼쳐 원하는 모습으로 하루하루 열심히 살며 매일매일 인생을 잘 거를 수 있다.

지금 이 순간 무슨 일이 일어나든 나를 위해 거름망을 펴서, 좋지 않은 일은 남겨 두고, 불안함은 어제에 멈춰 두며, 쓸데없는 말은 매정히 대하는 능력을 갖추자.

연애 감정 때문에 실의에 빠졌던 나를 회상하면, 지금도 당시의 내가 낯설게 느껴진다. 잘 모르는 사람과 신분을 바꾸고, 타인에게서 나 같지 않은 나에 대해 말을 듣고 있는 것 같다.

내 인생에서 가장 축 처져 있던 때였지만, 한편 내 마음의 지혜가 가장 많이 성장하고 경험 점수가 가장 빨리 모였던 시기였다고 생각한다.

인생은 늘 가장 고약한 방식으로 우리에게 자신을 어떻게 복구해야 하는지 가르쳐 준다.

우리를 명심하게 만드는 건 항상 극복할 수 없다고 여겼던 일이다.

삶에서 좋은 것과 나쁜 건 상대적이다.

벽은 시간에 의해 얼룩덜룩해지지만, 칠을 하면 다시 밝아질 수 있다. 책상은 시간에 의해 손때가 묻지만, 닦으면 다시 깨끗해질 수 있다.

살다 보면 좋지 않은 때가 있지만, 좋아지는 때도 반드시 있다. 그러니 나쁜 일 때문에 좋은 일의 존재를 부정하지 말고, 지금 좋지 않다고 영원히 좋지 않을 거라 여기지 말자.

넘어지지 않는 인생은 없고, 빠져나오지 못할 구덩이도 없다. 스스로에게 감당할 시간을 좀 더 주면, 일은 지나가고 차츰 좋아진다.

완전한 나는, 내 전부를 받아들이고 완벽하지 않은 삶에서 자신의 가장 좋은 면을 볼 때 온다는 점을 알길 바란다.

더 나은 인생 세우기 연습

여덟

현실에 치여 칼로 변해,
뭐든 자르려 하지 말자.
타인에게 강인함을 뺏겨,
걸핏하면 서러워지지 말자.

인생의 궤적은,
지나온 험난한 여정에 따라 그려진다.
진창으로 발바닥이 더러워졌더라도
지금의 내가 되기까지 잘 왔다.

강인한 나,
나약한 나,
마음에 드는 나,
사람들에게 미움 받는 나,
전부 나다.
가장 진실한 내 모습이다.

2장

나는 내가 잘 지내면 좋겠다

· 자신에 대하여

나는 잘하고 있다, 내면의 나를 꼭 안아 주자.

용감하다는 건,
두려워하지 않는 게 아니라
내가 강할 수 있고 또 약할 수 있다는 걸 이해하는 것이다.
종착점에 도착하기 전까지
온전히 나를 위해 열심히 살자.

가끔 마음을 털어 내야 한다

모든 일을 긍정적인 마음으로 대하면 아무 문제도 일어나지 않을까? 그렇다면 좋겠지만, 문제가 일어나지 않을 순 없다.

일상에서 긍정적인 마음을 가지는 때가 부정적인 마음을 가지는 때보다 많긴 하지만, 긍정적인 마음이 온갖 고뇌를 막아 줄 수 있는 무적의 방패가 되진 못한다는 걸 잘 안다. 무엇보다, 부정적인 정서를 받아들이는 건 누구에게나 중요하고 필요한 일이다.

상황 하나를 설정해 보자. 창문도 없고 불도 꺼져 있는, 완전히 깜깜한 방에 들어갔다. 처음엔 어떻게 반응할까? 전등 스위치가 어디에 있는지 찾거나, 돌아서서 서둘러 나갈 것이다.

부정적 정서가 마음을 삼키듯, 어둠은 시야를 삼킨다. 그래서 부정적 정서가 좋지 않다고 생각하는 경우가 많다.

그런데 빛이 아주 강한 상황이라면? 길을 걷는데 갑자기 차량 등이 앞에서 바로 비치면, 대부분 무의식적으로 손을 들어 빛을 가릴 것이다. 빛이 너무 강하면 잠시 앞을 볼 수 없다.

빛이 없는 공간에선 아무것도 볼 수 없지만, 광선이 너무 강한 곳에서도 아무것도 볼 수 없다. 두 경우 모두 눈앞의 사물을 볼 수 없는데, 빛이 너무 강하면 눈에 화상을 입을 수도 있다.

부정적 정서가 지나치게 많은 것 혹은 시종일관 긍정적인 정서만 안고 있는 것, 둘 다 건강하지 않다.

삶은 완벽할 수 없기에, 필히 부정적 정서를 정리해야 할 때가 있다. 모든 일은 내게 긍정적일 걸 요구하고 고의로 나의 일부분을 무시하므로, 완전할 수가 없는 것이다.

부정적 정서는 좋지 않아 보이지만, 사람들이 습관적으로 그렇게 정의한 것뿐이다. 세균이라고 하면 직관적으로 나쁜 걸 생각하게 되는데, 세균의 일종인 프로바이오틱은 왜 별안간 친근한 존재가 된 걸까?

결론부터 말하자면, 긍정적 정서를 지니면 즐겁지만 부정적 정서를 가질 수도 있다는 사실을 받아들여야 즐겁게 살아 보자고 스스로를 다독일 수 있다.

일전에 파리 여행을 갔을 때, 오르세 미술관을 찾았다. 그곳에 반 고흐의 자화상이 있었다.

그림에 대해선 전혀 모르지만, 어린 시절 반 고흐 그림을 처음 봤을 때 말할 수 없는 두근거림이 있었다. 당시 그 느낌은 마음속에서 서서히 풍경이 되어, 가끔 뎅그렁 소리를 내며 그의 그림을 직접 보러 가라고 일깨웠다.

반 고흐 작품을 소장한 전시관에 들어갔다. 가까운 거리에서 그의 작품을 느낄 수 있다니, 빛과 그림자가 엇갈리는 입체감은 실로 형용하기 어려웠고 시간이 남긴 아름다움이 더 크게 느껴졌다.

반 고흐의 대표작은 대부분 유화다. 오랫동안 바람에 말라, 조금씩 시간의 흔적이 남았다. 이 흔적들은 화면이나 인쇄물에선 보이지 않을 수 있지만, 작품에 가까이 가서 자세히 관찰하면 특유의 빛과 그림자 효과를 볼 수 있다.

관광객이 비교적 적은 시간을 틈타, 작품 앞으로 다가갔다. 100여 년 전 반 고흐가 똑같은 도화지 앞에서 붓을 휘둘렀을 모습을 상상하니, 마음속에 묘한 감동이 일었다.

가까운 거리에서 100년에 거쳐 빛어진 흔적을 자세히 들여다보니, 작품의 미세한 결함들이 보였지만 그게 살아 있는 그림이라는 의미였다.

작품에서 시간의 흔적을 전혀 볼 수 없다면, 과연 완전한 그림일까? 인생도 마찬가지로, 시간은 늘 우리 생에 흔적을 새긴다. 좋지 않은 일들, 돌아보면 아픈 과거들은 부정적인 정서를 동반하지만 내가 어떻게 걸어왔는지를 되새겨 준다.

이 흔적들은 완벽하진 않지만 우리를 완전하게 해 준다.

강함이라는 자물쇠, 약함이라는 열쇠

인생엔 유쾌하지 않은 때가 있기 마련이고, 단계별로 짠한 일들이 있다. 친구에게 받은 상처, 동료에게 받은 야유, 가족의 반대, 친척과의 다툼, 연인과의 만남과 이별 등. 우리 생에서 부재를 완강하게 거부한다.

나는 인생을 형용하는 여러 방법을 봐 왔고 서서히 깨달음도 얻었지만, 인생이 순풍에 돛 단 듯 순조롭다는 얘기는 들어 본 적이 없다.

사람이 짊어져야 할 건 많지만 짊어질 수 있는 것엔 한계가 있다. 많은 걸 짊어질 수 있지만 모든 걸 짊어질 순 없다.

단단한 나무가 물의 침식을 버틸 수 없는 것처럼, 고체인 금속이 불의 용해를 견딜 수 없는 것처럼, 사람의 강인함엔 한계가 있고 내면엔 나약한 부분이 있다.

예전엔 내려놓기의 필요성을 깨닫지 못했다. 나름 잘 사는데 왜 내려놓아야 하나? 어린 나이에 동반되는 순진함이었다는 걸 이젠 안다. 경험한 일이 아직 많지 않았고 부딪힌 문제가 단순했기 때문에, 뭘 내려놓아야 할 필요가 있나 생각했다. 그런데 어느 날 별안간 숨이 턱 막혔고, 인생을 정리할 필요성을 직시하기 시작했다.

지금 어떤 고민을 가지고 있든 간에, 아직은 내려놓을 수 없다면 먼저 자신을 내려놓자.

부정적 정서와 공존하기를 거부만 하면, 시간이 지나 걱정거리가 점점 많아질 것이고 삶이 무너지는 느낌은 점점 더 강렬해질 것이다.

좋지 않은 시기에 자신의 존재를 용납하는 건, 자신이 강할 수도 또 약할 수 있다는 걸 이해하기 위함이다.

가끔 마음을 털어 내는 건, 이 세상에 고개를 숙이는 게 아니라 스스로 숨 쉴 공간을 남겨 주는 것이다. 싫어하는 일을 말끔히 털어 내고 내 마음에 드는 나를 들여놓는 것이다.

우리는 강함이라는 자물쇠로 내면의 공간을 지켜야 하고, 약함이라는 열쇠로 강함의 자물쇠를 열어 그 안의 나를 위로하고 치유해야 한다.

사람은 부정적 정서도 있고 나름의 난관도 있다. 그러니 자신과 화해하는 법을 배워, 오랫동안 마음속에 은폐해 놓은 황무지로 용감히 들어가 약한 자신을 안아 주자.

더 나은 인생 세우기 연습

아홉

지나갈 수 없을 것 같던 날들이,
버티고 견디다 보니 서서히 지나갔다.
잊을 수 없을 것 같던 사람이,
울고 지치다 보니 점점 생각나지 않는다.

삶이 기대만큼 충만하지 않을지라도,
나를 정성껏 대하면
삶도 내가 좋아하는 모습에 가까워진다.

우리는 인생이란 글의 작가다.
시간은 종이, 정성은 먹, 노력은 붓이다.
인생의 상처를 지나가면
나는 새로운 창작물이 된다.

나는 내가 나로 살면 좋겠다

갈등 회피증이 타인에게 미안할 일을 할까 봐 걱정해 자신은 무시하고 타인에게 맞추는 증상이라면, 평범 공포증은 자신에게 미안할까 봐 걱정하는 증상이다. 인터넷의 정보 전달 속도가 빨라지면서, 갈수록 많은 사람이 평범 공포증에 걸리고 있다.

SNS나 뉴스에 나오는 화려한 인생들과 비교하며, 점점 자신의 생활이 칙칙하다고 여기고 또 자신의 인생이 살 가치가 없다고 생각한다.

평범 공포증이 질환은 아니다. 하지만 매사에 미루는 버릇처럼, 사람을 괴롭히며 바라는 인생을 실현하는 걸 방해하기도 한다. 평범 공포증은 평범함을 깔본다는 의미는 아니다. 반대로, 원하는 기대에 도달하지 못할 것에 공포심을 가지고 자신의 평범함을 두려워한다.

그래서 자랑스러워 할 만한 성과가 있음에도 자신을 인정하는 데 인색하다. 평범 공포증은 충분히 괜찮지 않고 충분히 완벽하지 않은 자신을 걱정하는 심리를 반영한다.

집단에서 더 높은 성취를 거둘 수 있다면, 평범함을 두려워하는 상황은 사라질 것이다. 그러나 실제론 그렇지 않다. 사람은 비교를 좋아하는 동물이기 때문이다.

아래로 보기보단 위와 비교하는 게 원시적인 정서 메커니즘이며, 사람은 태생적으로 결핍 심리가 상수로 설정되어 있다. 그렇지 않다면 상고 시대 인류에겐 위기감이 없었을 테고, 외부로 나가 식물을 찾겠다는 동기도 없었을 것이다.

내부에서 싹튼 결핍감은 문명이 발전하면서 과거에 남겨지지 않았고, 공리주의가 고개를 들자 더 심각하게 쌓였다. 어떤 물건이 없는데 가지고 싶을 때, 가지게 되면 더 좋은 물건을 가지고 싶은 생각이 든다.

이런 악순환은 소유할 능력이 없게 되는 날까지 이어지고, 결핍감에서 번식한 죄책감이 모공으로 침투해 골격을 뚫고 혈액에 섞여 들어가며, 실패에 사로잡힌 유전자에 문제가 생기기 시작해, 자신을 용서하는 것도 죄가 된다. 다시 태어나지 않는 이상 이 순환은 계속되며, 다시 태어나더라도 착지 지점이 맞아야 한다.

인지하기 전까지 이 순환은 인생의 여러 차원을 맴돈다. 유형의 것은 집, 차, 가방, 액세서리 등이고, 무형의 것은 더 나은 삶의 질이나 더 높은 업무 성취를 추구하는 심리다.

사람 내면에 이런 메커니즘이 생긴 건 진보를 추구했기 때문이었는데, 진화한 뒤 자신을 꼼짝달싹 못 하게 하는 짙은 안개가 될 줄 어찌 알았겠는가? 인생은 네덜란드 예술가 모리츠 코르넬리스 에셔의 〈무한 계단〉 같다. 위로 올라가고 있다는 걸 알면서, 왜 원점으로 돌아갈까?

평범 공포증을 줄이려면, '평범함'이라는 일을 새롭게 대하며 무시하는 연습을 해야 한다. 쉬운 일이 아니다. 우리 대부분은 어렸을 때부터 평범함의 개념을 받아들였기 때문이다.

우린 각자 유일무이한 존재

평범함과 완벽함은 비교에서 나오는 상태다. 비교를 하려니 기준 값이 필요하고, 기준 값은 더 많은 사람에게 부합할수록 표준이라는 의미가 된다. 하지만 이미 잘못된 시작이다.

토드 로즈의 《평균의 종말》에 이런 내용이 담겨 있다.

1940년대 미국 공군은 사고율이 높았다. 제일 높은 날은 조종사 십 수 명이 비행기 추락 사고를 당했다.

처음에 공군 당국은 인재를 의심했다. 비행기 조종 기술이 부족하거나 엔지니어의 검사가 꼼꼼하지 못했다고 여겼다.

그러나 조종사들은 자신의 비행 기술에 자신감을 보이며, 본인들에게 문제가 있는 게 아니라는 입장을 견지했다. 기체 자체는 아주 정상이었기에, 엔지니어들도 자신들의 문제가 아니라고 여겼다.

문제가 해결되지 않는 상황에서, 몇몇 사람이 조종석 설계에 주목하기 시작했다. 한 엔지니어는 당시 조종석이 여전히 수년 전 설계에 머물러 있어 요즘 조종사의 체격에 적합하지 않고, 따라서 조종사가 비행기를 원활하게 조종할 수 없다는 사실을 발견했다.

이에 공군은 조종사 체형 테스트 프로그램을 대규모로 진행했다. 100개 이상의 신체 검측 항목을 정하고, 조종사 4천여 명에게서 측정한 데이터로 평균값을 계산했다.

군 당국은 현대 체형에 맞는 완벽한 조종석을 설계해 비행기 조종의 안정성이 대폭 향상될 거라 믿었다.

그런데 당시 중위였던 길버트 S. 다니엘스는 그렇게 생각하지 않았다. 그는 평균 체형에 맞는 조종사가 대체 얼마나 될지 의문이었다.

그래서 그는 키, 가슴둘레, 팔 길이 등 인체를 대표할 수 있는 측량 지표 열 개를 골랐고, 각 항목에 플러스와 마이너스 오차를 뒀다.

범위 안에 들어갈 사람이 대체 얼마나 될지 궁금했다. 답은 수천 명도 아니고 수백 명도 아니었다. 0이었다.

그간 조사한 4천여 명의 조종사 중 평균값에 맞는 체형인 사람은 한 명도 없었다. 직감을 위반하는 결과였다. 바로 이 4천여 명의 조종사에게서 평균값을 계산해 낸 것인데, 맞는 사람이 한 명도 없다니?

군 당국은 최종적으로 중위의 건의를 받아들여, 평균값 개념으로 좌석의 크기를 설계하는 방안을 포기했고 조종사들에게 동일한 비행기 좌석에 적응하라고 요구하지도 않았다. 대신 좌석을 각각의 조종사에게 어떻게 적응시킬까를 고민하기 시작했다.

최종 해결책이 지금 보기엔 간단하지만, 당시엔 무척 고심한 결과였다. 비행기 제조업체는 결국, 조정이 가능한 조종석을 설계했다.

자동차 좌석의 앞뒤 거리를 운전자가 자체적으로 조정할 수 있는 것과 같은 방식으로, 조종석을 조종사 개개인의 체형에 맞추는 데 성공한 것이다.

평균값을 지나치게 중시하는 건 위험한 신호다. '평균'은 개개인에게 적용되지 않기 때문이다. 하지만 어릴 때부터의 성장, 학습 과정을 생각해 보면, 평균값 개념으로 자신의 수준을 일깨우는 일의 연속이었다.

시험 성적은 반 전체 평균 점수로 개인의 잘하고 못하고를 결정하는 것이었고, 학년마다 재는 키는 또래의 평균 신장으로 어린이의 발달 상태를 비교하는 것이었다. 사회에 진출하면 이 평균값은 급여의 숫자로 또는 연령별로 해내야 하는 특정한 일들로 변하기 시작한다.

본래 평균값을 채택하는 건 평가의 편의를 위해서이지만, 스스로를 충분히 이해하기 전이라면 평균값이라는 사고방식은 자신의 좋고 나쁨을 판단하는 방법으로 점차 왜곡될 수 있다.

많은 이가 자신의 '평범함'을 걱정하기 시작한다. 그러나 누군가가 좋아한다고 타인도 좋아하는 건 아니며, 한 집단의 평균값이 한 개인의 표준값이 되어선 안 된다. 우린 각자 유일무이한 존재이기 때문이다.

타인 때문에 자신의 인생을 부정하지 말자

나 또한 때때로 평범 공포증과 씨름한다. 특히 새로운 분야에 진입해 공부할 때 그렇다. 나 자신의 부족함이 걱정되고, 남들보다 배움에 뒤처질까 우려하며, 투자 시간에 대비되는 결과를 얻지 못할까 근심한다.

물론 비교 기준은 타인의 성과에서 온 것이다. 지금 진행 중인 일과 비슷하다. 어떤 건 10년이나 해 온 일이면서도 가끔 염려가 된다. 내가 잘한 건가? 내가 쓴 글이 사람들에게 영향을 끼칠까?

감당하는 연습의 횟수가 많아지면서 그런 걱정이 좋지 않다는 걸, 과거 언젠가 실수로 몸에 붙인 꼬리표일 수 있다는 걸 이해하기 시작했다.

초등학교 어느 시험에서 성적이 좋지 않아 부모님께 꾸중 들은 일, 친구가 짓궂게 놀렸던 일 등. 나는 계속 나를 일깨워야 했다.

그건 과거이지 현재가 아니다, 그런 과정이 있었다고 내가 완전하지 않은 게 아니다, 무엇보다 그런 건 중요하지 않다.

사람은 결국 비교하려는 본성을 떨쳐 버릴 수 없다. 우리는 타인에게서 자신의 결점을 보는 게 너무 익숙하다. 남들이 집과 차가 있고 배우자와 자녀가 있으면, 나도 반드시 있어야 하는 것처럼 말이다.

인생에 의미 있는 해답을 추구하기 위해서일까? 그것도 아닌 것 같다. 사람과 사람의 비교는, 아무리 객관적이라 해도 정답이 없다. 출생이 다르고 환경이 다르고 관심도 다르니, 절대적으로 좋은 게 없는 것이다.

어쩌면 우린 그냥 착잡한 거다. 사람들은 있는데 나는 없는 게 꿀꿀한 거다. 시간과 노력으로 그 구멍을 메우려 하거나, 초조함으로 어둠 속에서 출구를 찾으려는 것이다. 무리에서 길을 잃을까 봐 가는 길 내내 바싹 따라붙느라, 내가 돌아야 할 모퉁이에의 풍경을 놓치는 것이다.

차분하게 멈춰 생각하면, 자신에게도 타인에게 없는 게 있다는 걸 발견하게 될 것이다. 타인의 삶을 부러워하기보다 나만의 삶을 살자.

저마다 나름의 난관이 있고, 답을 찾는 페이스가 있다. 어떤 경우에도 타인 때문에 자신의 인생을 부정하지 말자. 마지막엔 모두 같은 종점을 향해 가지만, 도중의 과정은 오롯이 나만의 것이다. 종점에 도착하기 전까지 나를 위해 온 마음을 다해 열심히 살자.

더 나은 인생 세우기 연습

열

힘들지 않은 일은 없고
고생할 필요 없는 삶은 없다.
모든 일상은 나름의 갈등이 있다.
좋아하는 일을 하더라도,
매일 기분이 좋은 건 아니다.

사람은 한평생 자신만 돌보면 된다.
사람마다 자기만의 삶의 리듬이 있고
자기만 느낄 수 있는 깨달음이 있다.

인생에 지름길은 없다.
기회가 아무리 좋고 아무리 나빠도
우연의 연속에 불과하다.
우리가 평생 신경 써야 할 일은
어떤 방식으로 자신을 보느냐다.

힘겨워도,
갈수록 강해질 것이다

2019년 11월 20일에 있었던 일이다.

휴대 전화 시계도 마침 11시 20분을 가리키고 있었다. 맞다, 아주 똑똑히 기억한다. 그 일이 일어나고 30분도 안 되어 이 글을 쓰기 시작했기 때문이다. 나는 허리를 삐었다, 흡!

냉장고 문을 열고 허리를 굽혀 물건을 넣는데 등쪽이 갑자기 뻐근하더니, '얼음' 주문이 걸린 것처럼 움직일 수가 없었다. 당긴 부위는 등과 허리 사이 쪽 근육이었다. 스테이크로 치면, 내가 좋아하는 식감의 뉴욕 스트립과 안심 사이에 있는 티본 부위쯤이다.

이렇게 내 스스로를 놀려서라도 즐거워지려는 것이다. 겨울에 들어

서서 기온이 뚝 떨어진 데다, 마침 아침잠이 모자라 정신이 몽롱했던 그 날의 상황을 탓하고 싶은 마음도 크다. 그래도 마음속의 의혹을 지울 수 없었다. 설마, 나 정말 늙은 건가?

근육이 당겨 아팠지만, 그래도 아픔을 잘 참는 편이었다. 야단난 건 일상생활에 심각한 타격이 갔기 때문이었고, 회복될 때까지 참을성 있게 시간을 보내야 했다.

헬스를 하다가 같은 부위가 당긴 적이 있었던 터라, 그때의 증상이 재발한 걸로 의심됐다. 기억하기론, 그때 회복하는 데 한 달이 넘게 걸렸다. 한데 이번엔, 더 욱신거리는 느낌이어서 호전되려면 더 오래 걸릴 듯했다.

근육 파열은 많이 쉬면 좋아진다. 하루 정도 덜 움직이면 되고, 덕분에 책 몇 권을 더 읽을 수 있으며, 그 핑계로 운동을 하지 않아도 된다.

하지만 이번과 같은 부위가 손상되면 성가셔진다. 느낌상 근육 깊숙한 쪽이 손상된 것 같았다.

앉아 있거나 몸을 일으킬 때 그리고 일어서거나 앉을 때도 그 근육이 움직였고, 손을 뻗어 간식을 집을 때도 욱신거렸다.

지금 글을 쓰고 있는 나는, 거의 거동 불가 상태다. 익숙했던 모든 동작을 느릿느릿 진행해야 한다. 4일 후 오스트레일리아로 출발하는 게 문제다. 아무래도 이번 여행은 호텔에서만 머물러야 하나 고민 중이다.

다치는 건 다 안 좋지만, '행동이 불편해지는' 상처는 특히 싫다. 일상생활에 큰 타격을 주며, 왜 아무도 주의를 주지 않았을까 하며 가족들까지 끌어들인다. 분명 내가 조심하지 않아 생긴 일인데, 지금은 자제가 되지 않는다. 세상이 나랑 한 번 해 보자는 건가 하는 생각까지 든다.

하지만 이렇게 하면 마음만 더 옭아매어 사사건건 삐딱하게만 보게 된다는 걸 잘 안다.

눈에 블라인드를 쳐 버리면, 눈앞의 사물은 모두 명도가 몇 단계 내려가 어둑어둑, 흐릿흐릿해져, 무엇을 봐도 즐겁지 않다.

생활을 통제하고 싶을 땐, 대개 생활에 통제의 가능성만 남아 있을 때다. 생활을 통제하고 싶다고 생각할수록, 곳곳에서 환경이 나와 한판 붙자는 건가 하는 생각만 들고 시절이 좋지 않다고 불평만 늘어놓으며 그때 왜 그리 멍청했는지 후회한다. 현재 상황을 먼저 받아들이지 않는 한, 스스로를 더 깊은 고통 속으로 끌고 갈 뿐이다.

늘 그렇다면, 우리가 생활을 선택하는 게 아니라 생활이 우리를 선택하는 것일 테다. 우리가 해야 할 일은 생활에 저항하는 게 아니라 생활에 적응하는 것이다.

지금 내가 컴퓨터 의자에서 몸을 일으키는 것조차 몹시 버거운 것처럼, 평소같이 움직이려면 아파서 비명을 질러야 하는 것처럼, 증상이 더 악화되는 것처럼 말이다.

나는 전혀 다른 방식을 취해야 한다.

우선 손으로 작업 테이블을 딛고 천천히 몸을 젖힌 다음, 두 손으로 의자 손잡이를 잡아 허리 전체에 힘이 들어가지 않도록 하고, 발로 버티면서 천천히 일어난다.

몸을 일으키는 동작 하나에도 거의 1분이 걸리는 걸 보니, 이런 생활에 한동안 적응해야겠다.

눈앞의 나쁜 일에 나중의 좋은 일이 숨어 있다

생활에서 일어나는 뜻밖의 일은 언제나 조금도 뜻밖이 아니다, 늘 그렇다. 생활이 순조로울 때 예기치 못한 일로 소란을 피운다. 중요한 시점에 일어나지 않았으면 하는 사건이 일어난다.

생각해 보면, 하루에도 수없이 변하는 세계에서 사건이 없는 게 더 우연이니 인생의 최대 정수가 어찌 변수로 가득하지 않을 수 있을까?

우리가 배워야 할 건 뜻밖의 일을 막는 게 아니라, 일이 일어난 후 담담하게 감당하고 수습해 앞으로 가는 발걸음에 속도를 내는 것이다.

안 좋은 일을 만나면, 우리는 그걸 바꿀 수 없지만 그걸 대하는 방법은 바꿀 수 있다. 무슨 일을 만날지도 결정할 순 없지만, 무엇을 얻을지는 결정할 수 있다.

뜻밖의 일은 매일같이 벌어진다. 크고 작은 규모의 차이만 있을 뿐이다. 나쁜 일도 자주 일어난다. 그것이 영향을 끼치는지 아닌지의 차이만 있을 뿐이다.

매일의 삶이 오늘 어제와 같다면, 지나가는 매일이 판에 박은 듯 똑같다면, 안정적으로 보이지만 살아갈 에너지를 줄 수 없다. 삶에 변화가 생기기에 일상은 기대할 가치가 생기는 것이다. 그렇지 않다면 사람들이 왜 영화의 결말을 미리 아는 걸 싫어할까? 왜 속임수가 들통난 마술엔 더 이상 몰입하지 않을까?

문득 오래전 학교에서 교외로 소풍 갔던 일이 생각난다.

소풍날, 선생님은 우리를 산 위의 관광지로 데려가셨다. 작은 도개교를 지나야 도착할 수 있었는데, 도개교 아래쪽엔 깊은 골짜기가 있고 하천이 흐르고 있었다.

건너기 시작하니 다리가 흔들렸다. 어떤 친구들은 아슬아슬한 기분에 신이 나 더 빨리 걸었고, 어떤 친구들은 무서워 발을 떼지 못했다.

굽이굽이 이어진 산골짜기를 대자연이 하천으로 갈라놨고, 먼 쪽의 풍경은 도개교를 지나야 도착할 수 있었기에 도개교 앞에서 한참 망설이며 공포감, 괴로움과 대치해야 했다. 용기를 내 잽싸게 지나간 아이들은 벌써 그 뒤의 아름다운 풍경을 감상하고 있었다.

나는 내 자신감에 끊임없이 외치다가 결국 건너갔고, 다리 끝에 가서야 흔들림이 생각만큼 무섭지 않다는 걸 알곤 뭘 걱정한 건지 싶었다.

삶도 마찬가지다. 그 순간 가고 싶은 곳이 도개교 때문에 양쪽으로 나눠진 경우가 많다. 다리 위를 걸으면 무섭고 불안하지만, 더 나은 나와 더 나은 미래로 이어져 있다.

인생엔 좋은 일도 있고 나쁜 일도 있다. 지나가지 못할 일도 없고 끝나지 않는 오늘도 없다.

삶이 생각보다 훨씬 힘겨워도 우린 갈수록 강해질 것이다. 일어나지 않은 좋은 일들은 눈앞의 나쁜 일 속에 숨어 있는 것뿐일지도 모른다.

일이 잘 풀리면 즐겁겠지만 일이 잘 풀리지 않아야 성장하며, 일이 잘 풀리는 때가 오기 전에 먼저 힘겨운 상황을 견뎌 내야 한다.

이번에 등을 다치면서 글 한 편의 영감을 얻었듯, 지금까지 글을 써 온 것도 가치가 있을 것이다.

더 나은 인생 세우기 연습

열하나

타인에게 일어난 좋은 일을
자신의 나쁜 일로 보지 말고,
자신에게 일어난 나쁜 일을
평생의 일로 보지 말자

시간은 강이다,
늘 매정하게 앞으로 흐른다.
우리가 해야 할 건,
나쁜 일이 지나가도록 손을 놓고
좋은 일을 열심히 붙잡아 두는 것이다.

인생엔 좋은 것도 있고 나쁜 것도 있다.
살면서 겪는 일의 양상을 다 결정할 순 없다.
어떤 마음으로 맛볼 것인가만 결정할 수 있다.

누군가의 '누구'로 살지 마라

안정감을 추구하는 건 사람의 본성이다. 그렇다고 안정감이 어디에나 통용되는 기준인 건 아니다.

어떤 이는 돈을 저축해야 안정감이 들고, 저축 액수가 줄어들면 불안해한다. 어떤 이는 돈을 써야 안정감이 들며, 물질적인 자극으로 자신의 존재감을 드러낸다. 어떤 이는 칼퇴근 후 혼자 집으로 직행하길 좋아하고, 어떤 이는 사람들과 시끌벅적 어울리길 좋아한다.

나는 안정감보다 소속감에 더 많은 공감이 간다. 글자 그대로 이해하면, 소속감은 자신이 특정한 사람이나 환경의 일부분이라는 정체성을 갖는 것이다. 같은 반 친구, 팀, 교회, 가정과 같은 것이고, 그곳에서 자아를 찾는다. 인터넷이 대중화되기 전 사람들은 대부분 단체 모임에서 소속감을 찾았고, 지금도 온라인상 커뮤니티에서 소속감을 찾는다.

내 경우, 안정감은 외부에서 찾는 것 같고 소속감은 내면에서 찾는 것 같다. 안정감은 환경에 의존하고 소속감은 마음가짐이 필요하다.

때론 이 둘이 같은 말이기도 하다. 안정감이 있는 곳에선 소속감이 더 잘 생기고, 소속감을 지닌 사람은 낯선 곳에서 안정감을 더 잘 찾는다.

비슷한 느낌을 가져 본 적이 있는지 모르겠다. 인생의 어느 시점에 마음속에서 '내가 지금 왜 여기에 있지?'라는 목소리가 올라오는 느낌.

산업 다지에서 근무하던 시절, 내 생활은 지금과 많이 다른 모습이었다. 엔지니어의 일이란 게 매일 다양한 문제에 대처하는 거지만, 작업 형태와 내용은 비슷비슷했다.

대개 아침부터 저녁까지 사무실에 눌러앉아 컴퓨터 화면을 노려보며 회로도를 수정하다 보면 하루가 지나갔다.

퇴사를 결심하기 전 몇 개월간 마음속에서 자주 들린 목소리가 있다.

'내가, 지금, 왜, 여기에 있지?'

일이 바빠 퇴근할 수 없다는 뜻이 아니라, 어디에서 들이닥쳤는지 모를 스트레스가 천장에서 떨어진 것이었다.

온몸이 쓸쓸함에 사로잡혀 빠져나올 수 없는 느낌이었고, 난 그 일에 녹아들 수 없을 것 같으면서도 열심히 해서 일원이 되고 싶었다.

소속감은 갖고 싶은데, 그 환경에 녹아들려 노력할수록 소속감을 얻지 못한다는 사실을 깨달았다. 커다란 돌덩어리에 꾹 눌려 있어, 숨은 쉴 수 있지만 숨이 계속 막히는 느낌이었다. 사람은 소속감을 잃으면 원래 익숙했던 환경도 낯설어지기 시작한다.

소속감 얘기를 하다 보니, 소속감이 '나다워지기'와 모순되는 것 같아 곤혹스러웠던 적이 생각난다.

생각해 보자. '소속감'이란 세 글자를 보면 뭐가 생각나는가? 충분한 안정감을 갖는 것? 공동체의 일원이 되는 것? 친구들이나 동료들 사이에서 편안한 것?

다시 생각해 보자. 대세에 구애받지 않고 내 방식대로 '나다워지는 것' 하면 무엇이 연상되는가? 맹목적으로 대중을 따르지 않는 것? 아웃사이더가 되더라도 즐겁게 지내기만 하면 될까? 따돌림을 당하든 말든, 자기 생각을 말할 용기가 있고 가고 싶은 길을 고집스럽게 추구하는 것?

소속감이라는 단어를 막 접했을 때, 그 단어와 나다워지기 사이에 존재하는 모순 때문에 정말 답답했었다. 안정감과 마찬가지로 '소속감 갖기' 또는 '나다워지기'엔 표준 답안이 없었지만, 이 둘이 동일 스펙트럼에 있지 않고 동시에 존재할 수 없을 것 같다는 건 느낄 수 있었다.

그러던 어느 날, 소속감은 밖에서 찾을 수 없다는 걸 인식했다. 글자를 보면 어떤 사람이나 일, 감정에 의존하는 것 같지만, 내면에서 만들어져야 하는 것이다.

진정한 소속감은 자신이 어떤 것에도 소속될 필요가 없다는 걸 발견하는 것, 자신이 소속되어야 할 유일한 곳은 자신의 내면이라는 것이다.

누군가의 '누구'가 될 필요는 없다. 탐구하는 과정에서 천천히 자신이 누구인가를 알아 가면 된다. 그러면, 나다워지기와 모순되지 않는다.

사람들의 기대를 저버리는 사람이 되라는 말이 아니다. 사람들의 기대와 같은 행동을 해도 괜찮다. 내가 되고자 하는 나면 된다.

내 마음에 드는 내가 되면서도 사람들도 좋아하는 내가 되면 아주 좋지만, 사람들이 좋아하지 않는 나여도 괜찮다.

진정한 소속감을 얻는 법

소속감을 가지면서 원래의 나도 잃지 않으려면 어떻게 해야 할까? 여러 번 시도해 볼 수 있는 연습 방법이 있다.

자신의 마지노선 존중 법을 이해하고 적절한 시기에 타인에게 '아니요'라고 말하는 것이다.

우선 용인할 수 있는 한계를 잘 설정해야 한다. 어떤 일이나 누군가가 그 한계에 부딪히면, 어느 정도 반응을 하고 자꾸 타협하려 할 게 아니라 자신을 위해 견지해야 한다.

마지노선이라는 건 차갑고 매정한 태도가 아니다. 분별하는 능력일 뿐이다. 어떤 음식을 좋아하는지, 어떤 영화를 좋아하는지처럼 말이다.

마지노선을 세워야 타인이 적정 수준에서 못살게 굴고, 그래야 가장 마음에 두는 일을 지키며 가장 중요한 사람에게 시간을 줄 수 있다.

물론 일의 내용을 감안해, 타인에게 맞춰야 하거나 어쩔 수 없이 상사의 명령에 따라 동의할 수 없는 일을 해야 할 때도 있다. 하지만 늘 외부의 압력을 참고 견디는 것에 익숙해져선 안 되며, 통제 가능한 범위 안에서 원하는 일을 위해 태도를 견지하려 해야 한다.

또 하나의 마지노선은, 의리를 포기해야 할 때가 언제인지 아는 것이다. 대학원 입학시험을 준비할 때, 결과에 아쉬움을 남기고 싶지 않아서 시험 준비에 모든 걸 쏟자고 다짐했고 친구들과의 관계도 줄였다.

여러 행동이 '의리 없어' 보였다.

당시 일주일에 며칠은 집에서 차를 타고 학원까지 왕복해야 했는데, 수업이 끝나면 친구들은 차에서 수다를 떨고 야식을 먹었다. 인간관계를 생각하면, 그들의 대화 주제에 참여해 의리를 과시해야 했다.

하지만 난 이어폰을 끼고 고개를 숙인 후 수업 시간에 필기한 내용을 보는 쪽을 택했다. 아주 비사교적으로 보였겠지만, 대학원 시험을 잘 보자는 결심이 있었고 지켜야 할 한계가 어디인지 알았다.

그래서 나는 의리가 좀 없어 보일지언정, 내가 옳다고 생각하는 일을 지켰다. 난 마지막까지 마지노선을 지켰고, 원하는 대학원에 입학할 기회를 얻었다.

인생의 선택만 그런 게 아니다. 스스로 명확한 한계를 설정해야 나의 호의나 귀중한 시간을 낭비하지 않는다. 의리를 지켜야 할 땐 의리를 지키고, 지키지 않아야 할 땐 완곡하게 거절하는 것.

이것이 분별이다, 자신이 원하는 인생을 분별하는 것이다.

그 때문에 사람들이 실망할 걸 두려워하지 말고 더 진실한 나로 살 걸 겁내지 않아야 한다.

우리는 사람들이 실망하는 걸 두려워하고, 잘하지 못할까 봐 걱정한다. 부모님이 나 때문에 다투시지 않나 자책하고, 타인 앞에서 나약한 모습을 보이길 꺼리며, 관계를 잃을까 봐 두려워한다.

그래서, 어떤 이는 진실한 자신을 숨긴 채 억지로 즐겁고 기쁜 얼굴을 하고 웃으며 부화뇌동하거나 타인이 마음대로 하도록 무력하게 스스로를 방치한다.

나를 좋아하는 사람이라면 나의 결점까지 좋아하고, 나를 신경 쓰는 사람이라면 나의 장점까지 신경 써 준다.

타인에게 실망을 끼쳤다고 쓸모없는 사람은 아니며, 본인이 즐겁다고 이기적인 사람은 아니다.

기술을 익히려면 연습을 해야 하듯, 소속감을 가지는 것에도 연습이 필요하다. 먼저 자신이 원하는 걸 직시하고 타인이 원하는 것 중에서 불합리한 요구를 분별할 줄 알아야 한다.

극복하려 시도하고, 옳지 않은 일은 거절하는 연습을 해 보자. 실패해도 상관없다, 더 발전할 수 있으니까. 다음에 더 잘하면 된다.

소속감을 가진다는 건 나의 형상과 비슷한 곳을 찾아 애써 나를 굽혀 욱여넣으며, 이제부턴 그 안에서 안전하게 눌러 있을 수 있길 기대하는 게 아니다. 아무도 동의하지 않는다 해도 마음 놓고 나답게 살 수 있다는 걸 마침내 깨닫는 것이다.

소속감의 진정한 의미는, 온 마음과 뜻을 다해 자신의 감정에 소속되는 것일지도 모르겠다. 누구에게 맞출 필요 없이, 어떤 곳에 속할 필요 없이, 저마다 자기 생의 둘레가 있으니 자신이 충분히 완전하다는 걸 진심으로 믿자.

더 나은 인생 세우기 연습

열둘

함부로 남의 마지노선을 캐지 말고
남을 위해 내 마지노선과 타협하는 일도 그만두자.

사람은 바쁘게 움직여야 할 자기만의 세계가 있고,
타인의 생각을 완전히 이해할 수 있는 사람은 없다.

타인에게 맞추자며 스스로에게 요구하지 말고
타인에겐 그답게 살 공간을 갖도록 허용하면서
가장 마음에 드는 나를 지키자.

진실한 세계는 늘 많은 현실로 넘쳐나므로,
우리는 자신을 잘 돌보며
더 많은 용기를 가지고 세계를 감당해야 한다.

내가 나를 좋아한다는 것

본인이 이성적이라고 생각하나, 감성적이라고 생각하나?

이런 질문을 받아 본 적이 있거나, 자신이 어느 쪽에 속하는지 궁금해 이와 비슷한 심리 테스트를 해 본 사람이 많을 것이다.

굳이 선택해야 한다면, 나는 감성적인 사람이라고 말할 것이다. 하지만 전공이나 직장 경험에 따르면, 이성적인 쪽에 속하는 게 맞다.

학생 시절 이공계에서 연구하는 훈련을 받았고 그 후엔 비즈니스나 경제 정보를 자주 접하며 과학 기술 뉴스를 기웃거리곤 했으니, 비교적 이성적인 사람처럼 보일 것이다.

그러나 글을 쓸 땐 글에 감성을 조물조물 잘 빚어 넣어야 하는데, 이런 쪽에서 보면 나는 감성적인 사람에 더 가깝다. 음악 듣기를 좋아하는 나는, 영혼을 울리는 영화 스토리에 푹 빠지고 자연을 보며 빛과 그림자를 재료 삼아 하늘에 그림을 그리거나 바닷물 연주로 마음속에 스며드는 파도 소리를 가만히 듣는 걸 좋아한다.

하지만 양식을 좋아하나 중식을 좋아하나, 한식을 좋아하나 일식을 좋아하나, 유행가가 좋은가 클래식이 좋은가 등의 질문엔, 양쪽 다 좋아한다고 말할 것이다.

나 자신이 감성적인 성향이 훨씬 강하다고 생각하지만, 타인이 날 이성적인 사람으로 생각하는 것도 받아들이고 싶다. 엄밀히 말하면, 완전히 이성적이거나 완전히 감성적이기만 한 사람은 아무도 없다. 인간 행동학의 각도에서 봐도, 사람은 모두 감성 위주의 성향을 지닌다.

감정에 좌지우지되면 안 된다는 걸 잘 알지만, 좌우되는 건 둘째 치고 감정이 폭발하는 순간 자신의 감정이 어떤 상태에 있는지 파악할 수 있는 사람은 별로 없다.

감정이 등판하면, 이성적인 면은 순간적으로 사라진다. 홧김에 내뱉는 말이 상대에게 상처를 준다는 걸 뻔히 알면서도, 싸울 땐 말하지 않고 못 배기며 누군가 지어 낸 말이 사실과 전혀 다르다는 걸 잘 알면서도 자신이 관계된 이야기를 들으면 못내 실망한다.

감정은 보이지 않는 가느다란 실이다. 위에서 우리 팔다리를 매달아 놓고, 인형을 조종하듯 곳곳에서 우리의 행동을 끌어낸다.

감성적인 정서는 줄곧 이성을 압도하며 사람의 행동을 다스려 왔다. 대뇌의 발달 순서로 봐도, 감성적인 정서가 이성적인 의식보다 더 일찍 나타났다.

뇌를 방이라고 치자. 열쇠가 생겨 방문을 열고 뇌로 들어가 보면, 두 사람이 살고 있다는 걸 발견할 것이다.

하나는 백발이 성성한 노인, 하나는 에너지가 넘치지만 진중하지 않은 청년. 노인은 일이 없으면 방 한 가운데 있는 소파에 앉아 쉬며 뇌의 지휘권을 청년에게 넘겨 준다.

두 사람의 일상 대화는 이렇다.

"오늘 점심에 뭐 드시고 싶으세요?"

"네가 정해."

"그럼, 이 집 라면 먹죠!"

가끔은 이런 대화도 오갈 것이다.

"그의 데이트 제안을 받아들여야 할까요?"

"그건 네가 알아서 하면 돼."

"확신은 없지만, 그 사람 성격이 괜찮으니 만나면서 살펴봐요."

청년이 결정을 하지 못할 때도 가끔 있지만, 대부분의 경우 차근차근 선택을 해 나간다. 때론 노인이 나서서 발언권을 주도하기도 한다.

노인은 뇌 안에서 지낸 지가 오래되었고, 청년이 등장하기 전부터 존재하고 있었다. 그래서 노인이 입을 열어 의견을 내면, 청년은 내키지 않더라도 듣는다. 노인은 평소 말이 많지 않지만, 유독 외부 세계에 위협이 생기면 매우 크게 반응한다.

두려움, 불안함을 느끼거나 화가 날 때면 노인은 벌떡 일어나 모든 걸 주도하며, 정서가 평온해지면 그제야 소파로 돌아가서 쉰다.

노인은 환경이 비교적 원시적이었던 시대에 등장했다. 당시 외부 세계엔 육식성 야수가 득실거렸기 때문에, 빠르게 반응하려면 문제에 대처하는 방식이 전투 아니면 도피, 두 가지밖에 없었다.

그건 오랜 습관이고 자신을 지키기 위한 신념이다.

청년은 현재 상황을 차분히 분석해야 한다고 생각하면서도, 행동 방향은 노인의 지시에 따른다. 노인은 이 습관을 고치지 않는다.

노인이 말을 할 수 있다면 이렇게 거드름 피울 것이다.

"인류는 내 덕에 오늘까지 생존한 거라고!"

뇌의 문을 열고 밖으로 나와 보자. 청년과 노인이 '자신'을 상징한다는 걸 눈치 챘을 것이다.

역할로 보면, 노인은 편도체고 청년은 전두엽 피질이다. 편도체는 사람의 뇌에서 비교적 일찍부터 발달하기 시작했다.

그 시절의 사람은 바닷물은 왜 파란지, 날씨는 왜 변하는지, 점심에 라면을 먹을지 샐러드를 먹을지를 고민할 필요가 없었다. 당시 인간이 신경 썼던 건, 맹수가 주변에서 몰래 살펴보는 상황에서 하루하루를 어떻게 살아가느냐였다.

그 시절의 뇌는 사람에게 곤경이 닥치면 전투를 택하든 도망치길 택하든, 생존하기만 하면 된다고 요구했다. 그들에겐 '지금을 산다'는 개념이 필요하지 않았다. 지금만 살 수 있으면 됐기 때문이다.

인간이 진화하면서 이성을 주관하는 전두엽 피질이 대부분의 생활을 주도하고 있지만, 사람의 기본 정서를 주관하는 건 여전히 편도체다.

매사가 순조로울 순 없지만, 다 잘될 거다

심리학자 조너선 하이트는 코끼리와 기수에 빗대어 생생하게 설명한다. 이성적인 기수는 손에 밧줄을 잡고 코끼리가 가야 할 방향을 통제하지만, 환경에 불안함이나 두려움과 같은 상황이 생겨 코끼리가 위협을 받으면 행동은 감정적인 코끼리가 결정한다.

과학 실험 결과를 봐도, 감성의 힘이 이성의 힘을 능가할 수 있다. 두려움으로 동반되는 동기 부여가 더 뚜렷하기 때문이다.

실험은 이렇게 진행됐다. 특별히 제작한 상자를 준비해, 상자 안을 검은색과 흰색의 두 구역으로 나누고, 가운데를 판자로 막는다. 판자엔 열고 닫을 수 있는 작은 문이 있다.

실험자는 검은색 구역에 생쥐 한 마리를 넣고 흰색 구역에 치즈 한 조각을 넣는다. 생쥐는 치즈를 볼 순 없지만 향기를 맡고 근처에 맛있는 음식이 있다는 건 안다.

수차례의 탐색을 거친 생쥐는 작은 문을 뚫어 치즈를 찾아낸다. 연구자는 생쥐에게 문을 뚫는 행동에 대한 기억이 생길 때까지 같은 생쥐로 여러 번 실험을 반복한다.

이어 연구자는 다른 새 박스를 준비해 다른 생쥐를 넣고 실험을 시작한다. 하지만 흰색 구역엔 향기가 진동하는 치즈가 기다리고 있지 않고, 전체가 검은색인 구역에서 부드럽지만 불편한 전기 충격을 가해 생쥐가 어떻게든 검은색 구역에서 도망치도록 자극을 가한다.

새로운 쥐는 곧 중간에 있는 문을 뚫고 안전한 흰색 구역으로 들어간다. 몇 번 반복하자, 이 쥐에게도 작은 문을 뚫는 것에 대한 기억이 생긴다.

마지막으로 두 상자 안에 있는 치즈와 전기 충격기를 모두 제거한다. 두 쥐 모두 이미 기억이 연결되어서, 앞으로도 계속 작은 문을 뚫고 흰색 구역으로 갈 것이기 때문이다.

연구자는 두 쥐에게 생성된 기억이 얼마나 오래 갈지 관찰하고자 했다. 결과적으로, 치즈를 찾던 쥐는 시도 횟수가 10회를 넘기 전에 치즈가 없다는 걸 깨닫고 멈췄다. 전기 충격의 기억을 지닌 쥐는, 수십 차례 문을 뚫고 나서야 차츰차츰 멈췄다.

실험자는 최종적으로, 두려움이나 불안감이 뇌에 미치는 영향력이 이성과 보상을 넘어선다는 추론을 내렸다.

사람이 배고플 때 충동적이 되어 속이 안 좋을 때까지 과식을 하거나, 화가 나면 자제력을 잃고 비합리적인 행동을 하고 나서 왜 그런 짓을 했는지 괴로워하는 이유도 여기에 있다.

사람은 괴로운 일이 생기면, 기분을 감출 수 없을 정도로 부정적인 생각이 엄청나게 커지는 걸 느끼며 공간 안의 모든 출구를 막아 버린다. 부정적인 정서가 두려움을 유발해 안정감을 앗아 가고, 뇌에서 초조해진 노인이 나서 모든 걸 주도하고 싶어 하기 때문이다.

배가 고프면 음식이 엄청 맛있어지는 것처럼, 기분이 좋지 않을 땐 일도 엄청 꼬여 버린다. 일의 좋고 나쁨은, 일 자체에 따라 결정되기보단 현재 기분의 좋고 나쁨에 따라 결정되는 경우가 더 많다.

생활도 마찬가지다. 자신의 정서와 대립하면 어떤 일이든 다 옳지 않아 보인다.

자신이 이성적인 사람이라고 생각하든 감성적인 사람이라고 생각하든, 중요한 건 우리는 우리 자신을 좋아해야 한다는 것이다. 자신의 성격을 온전히 받아들이고 자신의 정서를 온전히 용납하면, 불쾌한 일을 앞에 둔 순간에도 자신과 동행할 마음이 든다.

매사가 순조로운 삶은 없다. 일이 아직 호전되지 않았다면 시간이 좀 더 필요한 건지도 모른다. 아직 현재를 기대할 수 없다면 미래를 기대해 보자. 내일의 나에게 힘을 남겨 주고, 즐겁든 아니든 우선 차분해지자. 눈을 감을 땐 예전에 좋았던 일들을 생각하고, 눈을 뜰 땐 주변의 좋은 면을 살펴보자.

여전히 설명되지 않는 일들은 시간이 설명하도록 맡기고, 해결되지 않는 난제는 성장하는 과정에서 해결되도록 맡기자.

아무 일도 없는 척하는 건 그냥 도피다. 많은 경우, 자신의 마음을 먼저 위로해야 일도 마음 놓을 수 있는 상태가 된다.

모두 좋아질 거다. 정서도, 당신도.

더 나은 인생 세우기 연습

열셋

자신의 노력을 믿으면,
불확실한 미래들에도 더 나은 내가 존재한다.

고민은 스스로의 생각에서 나오며,
미래는 스스로의 힘으로 나아가야 한다.
원하는 삶을 향해 전진하지 않으면,
그곳에 더 나은 자신이 있다는 걸 모른다.

용기라는 건 두려워하는 게 아니다.
착실히 걸으며,
혼자서도 어려움을 감당할 수 있다.

자신감이 문제 해결을 도와줄 순 없지만
어려운 상황을 헤쳐 나오도록 도와줄 순 있다.
노력한다고 더 나은 성과가 보장되는 건 아니지만
더 나은 나를 만나는 건 확실하다.

여행에서 상상하고 삶에서 성장하라

짐을 싼다. 곧 여행을 시작한다. 트렁크의 수명이 얼마 남지 않았다. 지난번에 새 걸 사야겠다고 말했던 게 생각난다. 하지만 아무리 많이 사도 결국 쓸 수 없는 날이 온다. 어릴 땐 아무리 짐을 넣어도 트렁크가 꽉 차지 않더니, 어느새 물건을 많이 담을 수 없게 되었다.

짐 정리를 시작하며 박스에서 물건을 꺼내 정렬했다. 리스트를 관리하듯, 옷과 용품에 우선순위를 매겼다.

정리를 하면 할수록 꼭 가져가야 하는지 의문이 드는 물건들이 눈에 들어왔다. 여행 중에 필요할까 하는 노파심인가?

하지만 정작 여행을 떠나선 사용하지 않을 걸 잘 안다. 얼른 뺀다. 그렇지 않으면 짐이 너무 많아 끌고 다니기 무거울 것이다.

정리가 끝나고 출발할 채비를 한 후 막 문을 나서는데, 번뜩 정신이 든다. 꿈이었다. 꿈에서 본 건 곧 여행을 떠나는 장면이 아니라, 요즘의 심정이고 삶이다.

내게 여행은 내면의 소리를 똑똑히 듣는 것이고, 낯선 환경에 가서 친숙한 나를 찾는 것이다. 어린 시절 야구 시합 방송을 들었던 느낌과 비슷하다.

난 어릴 때부터 야구 관람을 좋아했다. 〈YOUNG GUNS〉 신간이 나오면 열심히 돈을 모았고, 〈신소년쾌보〉는 어떻게 할지 고민했다.

당시 프로 야구 환경은 타이완 시리즈까지 가지 않아도 만원 관중을 달성할 정도였고, 타이완의 엘 클라시코라고 할 수 있는 웨이취안 드래곤스와 슝디 엘리펀츠의 대전은 전생과 현세에 적대적 관계에 있는 부락의 맞대결을 방불케 했다.

경기를 할 때마다 물과 불처럼 으르렁거렸고, 경기가 끝나고 흩어질 땐 시위에 참가하는 것처럼 응원 팀별로 모여 웨이취안 드래곤스의 노란색과 슝디 엘리펀츠의 붉은색으로 구장 밖의 길을 쫙 갈랐다.

인터넷이 보급되지 않았던 그 시절, 나는 방과 후 홀로 검은색 카세트를 끌어안고 바닥에 앉아, 프로 야구 중계를 방송하는 채널에 주파수를 맞춰 놓고 혼자서 현장 중계방송을 들었다.

당시는 라디오가 아직 디지털화되기 전이라 날씨나 청취하는 방위에 따라 신호가 달랐고, 최대한 또렷한 음질로 들으려면 방송국 채널 부근에서 주파수를 미조정하는 수밖에 없었다.

카세트에 한쪽 귀를 바짝 대고 한 손으로 버튼을 돌리는 모습은, 흡사 영화에서 금고를 여느라 집중하는 장면과 비슷했다.

어느 지점으로 맞춰야 최대한 또렷하게 방송을 들을 수 있는지 몰랐지만, 치지직 하는 소리가 작아질수록 캐스터의 목소리가 입체적으로 들렸고 그 언저리라는 걸 알았다.

내게 여행은 이와 아주 비슷한 느낌이다. 가끔 인생의 페이스에 잘못된 주파수가 등장해 마음속 목소리가 또렷이 들리지 않으면, 나는 여행으로 나 자신을 미조정함으로써 삶의 페이스가 내 기대와 동일한지 고민하도록 안내한다.

여행을 좋아하게 된 건, 나도 모르게 진행된 일이다. 어렸을 땐 여행에 그다지 큰 느낌이 없었다. 그냥 비행기 타고 여기저기 다니며 시야를 넓히는 거라 생각했다. 방문하는 국가가 많아지고 인생의 복잡함이 두터워지며, 여행에서 점점 다양한 감정을 느끼게 됐다. 익숙한 환경에서 멀리 떨어지니, 내면과 평온하게 대화할 수 있는 것 같다.

팔라우와 퀘벡으로 떠났던 두 번의 여행 말고도, 깊은 인상을 받은 여행이 두 번 더 있다.

내 인생의 가장 인상 깊었던 여행

프랑스 파리: 풍경의 일부가 되고 싶었던 거리

파리는 낭만의 도시라고 들었다, 쇼핑의 도시라는 말도 들었다. 그 명성을 따라 파리로 갔다. 파리의 낭만은 언어로 형용하기가 무지 어렵다.

시간 일시 정지 버튼을 누른 듯 거리에서 중세 시대 건축물이 툭툭 튀어나오고, 거리 풍경을 따라 이어지는 하늘엔 파리라는 도시를 위해 특별히 배치한 듯한 색깔이 펼쳐져 있다.

파리의 하늘, 건물, 음식, 커피는 리허설을 수없이 거친 교향악단처럼 견줄 데 없이 아름다운 선율을 연주한다.

도착하고 며칠 후 바로, 파리는 나의 최애 여행 도시 리스트에 들어갔다. 그런데 쇼핑은 그다지 낭만적이지 않았다.

파리 여행을 온 김에 기내용 캐리어를 하나 구입했다. 가격 자체가 저렴한 편은 아니었지만, 프랑스에서 구입하니 훨씬 싼 건 확실했다. 매장에서 몇 번 들어 보고 바로 구입을 결정했다. 가격이 달라지니 쇼핑 욕구가 꿈틀댔다.

파리가 아니었다면 구입 결정이 그렇게 빠르지 않았을 것 같다. 기분이 너무 좋아서였을까? 민박집에 돌아와서야 캐리어를 여닫는 잠금장치에 이상이 있다는 걸 발견했다.

인터넷에서 본 적이 있다. 해외 일부 매장은 관광객이 그 도시에 며칠만 머문다는 점을 이용해 고의로 하자품을 판매한다고 했다.

당시 나도 며칠만 있으면 파리를 떠나는 일정이어서, 그런 상황에 놓이면 어쩌나 걱정이 됐다.

서둘러 민박집 관리인에게 물었더니, 최대한 빨리 매장으로 가서 얘기하는 게 좋겠고 문제가 생기면 다시 전화하라고 했다.

나는 즉시 이후 일정을 취소하고 매장으로 돌진했다.

'그렇게 운이 나쁠 리 없는데, 그 직원 괜찮은 사람 같았는데.'

가는 길에 초조한 나머지, 마음속의 나와 끊임없이 대화하며 위안을 찾았다. 담당 직원이 퇴근했으면 어쩌나, 교대한 직원이 나 몰라라 하면 어쩌나 걱정도 되었다.

걷기에 가까운 거리는 아니지만, 택시를 타면 차가 막혀서 더 오래 걸릴 터였다. 하지만 그런 걸 따질 여유가 없었다. 캐리어를 들고 성큼성큼 쇼핑몰로 들어갔고, 티 나지 않게 마음의 준비를 했다. 상대가 갖은 수를 써서 나를 곤란하게 만들면, 매장에서 꼼꼼히 살펴보지 않은 나의 경솔함을 탓할 수밖에 없을 터였다.

매장에 도착하니, 다행히 그 점원은 퇴근 전이었고 나를 기억하고 있었다. 다른 문제는 없다고 확인하더니, 매장엔 새 제품이 없어 다른 지점에서 물건을 구해 와야 한다고 했다.

직원의 말에 마음이 쿵 내려앉았다. 드디어 올 게 왔구나.

그 직원은 내 표정을 눈치챘는지, 두 시간 뒤에 제품을 찾으러 다시 오라고 미소를 지으며 말했다.

그 순간 마음속에 '고민은 스스로 만드는 것'이라는 말이 떠올랐다. 여행용품을 넣기도 전에, 캐리어에 이미 특별한 여행 추억이 한아름 담긴 것 같았다.

교환한 캐리어를 받으니, 하루 종일 시달린 불안감이 순식간에 해소됐다. 쇼핑몰에서 나오니, 이미 저녁 8시가 넘어 있었다.

저녁이라지만, 5월의 파리는 그제야 해가 지고 있었다. 클래식 향수 같은 황금색 빛이 빌딩 사이로 들쭉날쭉 흩어졌고, 석양은 느릿느릿 떨어지며 파리의 거리에 녹아들었다. 그 풍경의 일부가 되고 싶은 마음에 무의식적으로 손을 뻗어 빛을 받았다.

파리에 온 지 며칠이 지났건만, 아름다운 거리 풍경을 제대로 즐기지 못했다는 생각이 퍼뜩 떠올랐다.

모바일 지도가 워낙 편리해, 요즘은 해외에 나가면 사전에 노선을 찾아 두는 습관이 없어졌다. 대신 현지에 도착하면 인터넷으로 목적지와 추천 경로를 검색한다.

그런데, 이 방식은 해외에서 종종 번거로움이 따른다.

도로 표지와 언어가 다른 데다가 인터넷 신호에 따른 위치 측정 오차 때문에, 관광지에 도착하기 전에 방향을 잘못 들기 일쑤고 그러다 보니 길을 더 돌고 돌아가게 된다.

그뿐 아니라 가는 길 내내 모퉁이를 돌아야 할 곳을 지나칠까 봐 자꾸만 휴대 전화를 꺼내 현재 위치를 확인하다 보니, 산책하는 느낌을 마음 놓고 즐길 수 없다. 그래서 파리에 온 며칠 동안도 거리 분위기에 푹 젖어 들 수 없었다.

그날 기내용 캐리어를 무사히 교환하고 나서 그 길을 세 번째 오가다 보니, 지도를 보지 않아도 어떻게 가야 하는지 알 수 있었다.

캐리어 문제가 해결되자 마음에 한결 여유도 생겼다. 급하게 소화해야 할 일정도 없었다.

어슬렁어슬렁 민박집 쪽으로 걸었다. 그 순간 비로소 파리의 거리가 얼마나 매력적인지 제대로 느낄 수 있었다.

살다 보면 이런저런 이유로 앞만 보며 걷다가 분주하게 지나쳐 버리는 일이 많다. 목표를 향해 가는 것처럼 보이지만, 아름다운 풍경을 품은 거리를 걷고 있다는 사실을 잊어 버린다.

일의 목적은 삶을 희생시키는 게 아니라 삶을 성취하는 것이어야 하며, 그 대가로 일상이 더 힘들어지기보다 더 나아져야 한다는 사실을 잊고 지내는 때가 많다.

캐나다 퀘벡: 계획대로 되지 않아 더 좋았던 시간

예전엔 인터넷에 여행 관련 정보가 많지 않았기 때문에, 여행을 가기 전에 사전 계획을 꼼꼼하게 짰다. 지도, 일정, 연락처 등을 프린트한 종이를 접어 휴대하고 다니면서, 목적지에 도착하면 계획대로 일정을 진행했다. 하지만 수집한 자료는 한계가 있기 마련이라, 일정 사이사이에 틈이 생겨 계획에 차질이 빚어지곤 했다.

지금은 해외에서 휴대 전화로 언제든 연락을 취하고, 여행 후기들을 바로바로 찾아볼 수 있다.

그래서 호텔에 체크인한 후에야 일정을 짜는 버릇이 생겼다.

일기 예보에 따라 탄력적으로 일정을 조정하기도 쉽고, 편리한 정보 덕분에 매일의 일정을 확실하게 컨트롤할 수 있다. 하지만 일정은 확실해지는 반면 중간에 틈이 생기지 않으니, 더 완벽한 일정을 기대하게 되고 여행의 불확실성을 최소화하고 싶어진다.

불확실한 일을 만나는 것, 그게 바로 여행의 묘미 아니던가?

이 점을 인식하기 전까진 계획대로 착착 일정을 소화하길 기대했고, 일정이 어긋나더라도 실망할 지경까지 이르진 않았지만 마음속엔 여전히 일정이 기대에 못 미치면 어쩌나 하는 우려가 있었다.

늘 최선의 일정을 짜고 최고로 좋은 기차 좌석을 예매하며 최고의 날씨를 만나길 기대했다. 미리 티켓을 예매해야 하는 인기 관광지는, 인파가 가장 많이 몰리는 날을 피해 가고 싶었다. 목적지에 갈 때면, 환승해야 하는 시간을 최대한 줄일 수 있는 교통수단을 따져 봤다. 바깥 풍경을 즐기고 싶을 땐, 일기 예보에서 가장 맑은 날을 검색했다.

그런데 여행 일정과 인생의 가장 닮은 점이 바로, 계획이 변화를 따라가지 못한다는 것이다.

퀘벡에서도 비슷한 일이 있었다. 카메라 삼각대 분실 사건 말고도, 떠나는 날에 아쉬운 상황들이 벌어졌다.

그날 우린 야간 비행기를 타고 토론토로 향했다. 전날 석양이 너무나 낭만적이어서, 떠나기 전에 다시 한 번 보고 싶었기 때문이다.

체크아웃 당일 일몰 시간과 비행기 탑승 시간을 따져 보니, 일몰을 다시 감상할 기회가 충분히 있겠구나 싶었다. 기대에 잔뜩 부풀어 있었다. 매일 똑같은 일몰은 있을 수 없다는 게 일몰의 매력이니 말이다.

그날 일몰도 확실히 다르긴 했다, 전날만큼 좋지 않았을 뿐. 그날은 뭉게구름이 너무 많고 뭉실뭉실한데다가 빛의 반사 각도도 충분하지 않아서, 그라데이션되는 색깔이 전날만큼 환상적이지 않았다. 비행기 탑승 시간까진 아직 시간이 충분해, 우린 언덕에 앉아 기다렸다.

다시 한 시간쯤 지났지만 구름 사이로 비치는 석양의 색깔 변화는 여전히 뚜렷하지 않았고, 그동안 다른 관광객들은 속속 자리를 떴다. 더 버텨 봤자 소용이 없을 것 같으니 일찌감치 공항으로 출발하는 게 낫겠다 싶었다. 잠시 망설이다 호텔로 돌아가 택시를 부르기로 했다.

택시는 금방 왔다. 짐을 택시로 옮기는데, 멀찍이 길모퉁이 쪽이 갑자기 환해지기 시작하더니 붉은 단풍이 빼곡한 산등성이에 커다란 황금색 석양이 내려앉았다. 산기슭 해변가엔 작은 집들이 옹기종기 모여 있었다. 퀘백에 머문 며칠 동안 처음 보는 장면이었고, 우리 일행은 곧바로 차를 타고 약속한 듯 다시 언덕길로 가 그 풍경을 실컷 감상했다.

'떠나기 전에 이런 장면을 만나서 다행이야.'

속으로 생각했지만, 사실 조금도 위로가 되지 않았다. 다신 볼 수 없을 것 같은 생각이 들 만큼 아름다운 풍경이라, 그 순간 내가 앉아 있는 곳이 차 안이 아니라 언덕 위이길 얼마나 바랐는지 모른다.

마음이 가라앉기 시작했고, 잃어버린 카메라 삼각대가 다시 떠올랐다. 이번 퀘벡 여행에서 좋았던 점을 생각하려 애썼지만, 생각이 나쁜 쪽으로 흐르는 걸 막기엔 역부족이었다.

공항으로 가는 길에, 언덕에 앉아 감동하고 있을 내 모습을 상상했고 일찍 자리를 뜬 걸 몹시 후회했다. 나도 모르게 속으로 중얼거렸다.

'조금만 더 기다렸으면 좋았을걸.'

'시간은 충분했잖아?'

'왜 그렇게 빨리 포기한 거야?'

참 웃긴 생각이란 걸 잘 알았다. 그게 뭐라고, 그냥 석양인데, 중요한 일이나 인생 목표를 잃은 것도 아니고 말이다.

그런데 그 석양이 꼭 퍼즐에서 모자란 조각 하나 같고, 그게 없으면 추억이 완벽해지지 않을 것 같아 짜증이 났다.

택시를 타고 공항에 도착해 휴대 전화 시계를 보니 아직 한 시간이나 여유가 있었고, 석양의 색깔처럼 내 마음도 점점 어두운 밤에 먹혀 버렸다. 우리는 먼저 탑승 수속을 마치곤 터미널로 들어갔고, 얼마쯤 지나니 언덕에 남아 석양을 기다리고 있었던 여행자들이 들어왔다.

'저 사람들은 당연히 석양을 보고 왔겠지.'

의기소침하게 생각했다. 나는 그 석양이 왜 그리 마음에 걸렸던 걸까?

모르겠다, 퀘벡 여행이 너무나 완벽해서였을까? 다시 올 기회가 없을 것 같고, 그래서 그 석양을 놓쳐 그랬던 걸까? 아니면 내가 너무 일찍 자리를 뜬 게 후회돼서?

정말 모르겠다. 사람은 이렇게, 마음에 거슬리는 게 뭔지 대체 알 수 없는 때가 있다.

심리학에 나오는 낙담한 사람의 비유와 비슷하다. 차디찬 철조망 뒤에 갇혀 밖으로 내보내 달라고 양손으로 철조망을 잡고 죽어라 흔드는데, 정작 좌우를 돌아보니 커다란 문이 계속 열려 있었던 것이다.

그 후 나는 뉘우치는 마음으로 비행기를 탔다. 새로운 여행이 시작될 수도 있으니까. 비행기가 이륙하길 기다리며, 이번 여행에서 느낀 점들을 생각해 봤다.

아무래도 누군가 주워 갔을 삼각대와 놓쳐 버린 석양이 떠올랐다.

그런데 문득 머릿속에 뭔가 번쩍 스쳤다. 내가 한 짓이 너무 어이없고 부끄러워 쥐구멍에라도 들어가고 싶었다.

'내가 날씨를 컨트롤하려고 했던 거야? 세상에! 어쩜 이렇게 어이가 없지? 하늘이 내 뜻에 맞춰 주길 바라다니. 내가 지정한 시간에 내가 보고 싶은 석양을 내놓으라고 요구한 거야? 뭐 이런 놈이 다 있냐!'

후회가 컸던 건, 기다리는 데 시간을 다 써 버렸고 기대한 일이 일어나지 않았기 때문이었다. 내 능력 밖에 있으며, 내가 제어해서도 안 되는 일을 제어하고 싶었기 때문이다. 나 자신이 너무 우스웠고, 바보라는 걸 들킨 것 같았다.

그 이후, 난 그때의 경험을 일상에 적용하곤 한다. 그전에도 제어할 수 없는 일은 제어하지 않는 연습을 했었는데, 그때의 여행 경험을 계기로 더더욱 이 관념을 내 인생관으로 만들고자 노력하고 있다.

감정 감옥에 갇히지 않기

우리는 사람이다. 스스로 능력이 많다고 생각하며, 이 세상이 자신의 바람대로 돌아가길 기대해선 안 된다.

여행 계획이나 일의 진도만 그런 게 아니라, 삶의 구석구석과 인생의 모든 지향점이 그러해야 한다. 이미 행동을 취했으면, 그 이후의 불확실성은 우리가 제어할 수 있는 부분이 아니다. 방법을 강구해 일이 발생하거나 발생하지 않을 리스크를 최대한 줄일 순 있겠지만, 일이 엉망진창이 되더라도 우리 잘못은 아니다.

우리는 반성할 수 있고 그 결과 때문에 힘들어 할 수도 있지만, 우리가 제어할 수 없는 감정의 감옥에 갇혀 있으면 안 된다. 기분이 나빠져 스스로를 쇠창살에 가둬 놓을 땐, 잊지 말고 좌우 양쪽을 꼭 둘러보자. 우리가 스스로 걸어 나가길 기다리는 문이 열려 있을 것이다.

여행에서 뜻밖의 에피소드들이 생겨 다행이다. 당시엔 일정 리듬이 깨지는 것 같았지만, 실제론 분주한 시간에서 나를 쏙 빼내 색다른 경험을 선사하고 삶의 구김을 반드시 펴 준다.

예전에 여행에서 겪은 몇몇 뜻밖의 사건을 떠올려 본다. 한 번은 샌프란시스코에서 인생 최초의 코 알레르기를 겪었다. 그 며칠 동안 미국에 있으면서 기분은 정말 별로였지만, 평범하고 무탈한 삶이 얼마나 소중한 가치가 있는지를 깨달았다.

나는 그런 여행을 좋아한다. 며칠이란 시간에 나를 재인식할 수 있는 그런 여행. 여행을 가는 곳에 대해 이미 남들이 멋진 후기를 써 놨더라도, 마음을 먹었으면 직접 가 봐야 직성이 풀린다.

다른 시간에 다른 눈, 다른 인생으로 나만의 풍경을 엮어 내는 것이다. 같은 장소에서 다른 여행자들 사이에 섞여 같은 건축물을 바라보더라도, 마음에 느껴지는 건 그들과 다른 인생의 정취일 것이다. 그 순간 시간과 공간이 옮겨진 덕분에, 마음이 좋아하는 그 모퉁이를 다시 찾을 수 있으니까.

더 나은 인생 세우기 연습

열넷

인생은 여행의 연속이다.
단계마다 도달하고픈 지점이 있고
닿을 수 없는 시간이 있다.

그 아쉬움은,
무의식중에 배낭에서 떨어진 물건을 줍지도 않고,
청춘의 길에 내버려 뒀다가
어떻게 찾아야 할지 알 수 없어 하는 것과 같다.

어른이 되어야 이해가 가고
슬픔을 공감하며 상처가 치유되는 노래들처럼,
나중에 가서야 소중히 여기는 법을 배운다.

지금 이 시간을 잘 잡고
미지의 타향으로 나아가자.
노래는 여러 번 들을 수 있지만
사람은 아무 때나 볼 수 있는 게 아니다.
기회는 아무 때나 오지 않고, 시간은 다시 오지 않는다.

3장

넘어져도 다시 한 걸음 내딛는 비결

: 노력에 대하여

지금의 노력이 최고의 것을 눈앞에 가져다줄 것이다.

이 세상에, 대충해서 이룰 수 있는 성공은 없다.
여유롭게 얻을 수 있는 성장도 없다.
기회는 과정에 숨어 있다.
출발하지 않으면 영원히 만날 수 없다.

보이지 않는 곳에서
더 노력한 결과

언제부터인지 모르겠지만, 여유는 소유할 수 있고 소유하면 대개 여유가 없어진다는 걸 깨달았다.

사람들은 쉽게 얻고 싶어 하고, 적게 고생하며 잘 살고 싶어 한다. 이성적으론 지름길을 좋아하면 안 된다는 걸 알지만, 천성적으론 저항하기 어렵다.

일하지 않고 편하기만 바라는 건 상고 시대부터 인류의 혈액에서 돌아다니는 습성이며, 인간의 대뇌는 삶을 선택하는 쪽이 아니라 생존을 추구하는 방향으로 진화했다. 계속 살아갈 수 있기만 한다면, 편하면 편할수록 좋다.

그런데 우리는 다른 시대에 살고 있다. 편하게 사는 쪽을 택한다 해도, 앞으로의 삶이 그 선택대로 편해질 수 없다.

똑바로 누우면 아주 편안하지만 하루 종일 누워 있어야 한다면 고통스러운 것처럼, 일을 하든 하지 않든 모든 일엔 대가가 따른다. 특히 일을 하지 않는 쪽이나 편한 일만 하는 쪽을 택하면, 부목 위에 서 있는 것처럼 한 번의 출렁임에 모든 걸 잃을 수도 있다.

나는 산업 단지에서 근무하던 시절부터 '지금은 편하지 말자'는 깊은 깨달음을 얻었고, 덕분에 강연 단상에 오를 수 있었다.

하루는 회사에서 신규 품질경영 시스템을 도입한다는 소식을 접했고, 연구 개발과 생산 효율이 개선되길 기대했다.

당시엔 그 시스템으로 제품 품질을 개선할 수 있다고만 들었을 뿐, 우리 팀엔 시스템 다루는 법을 잘 아는 사람이 없었다.

한참 후 회사는 신규 시스템 교육을 위해 외부에서 고문을 초빙했고, 각 팀은 몇 달간의 연수 과정에 직원을 파견해야 했다. 연수에 참여하는 직원은 교육이 끝나면 해당 관리 기법을 업무에 적용해야 했다.

들어 보니, 모처럼 교육을 받을 수 있는 기회였지만 임무는 그리 녹록지 않았다. 퇴근 후 시간을 연수 과정에 할애해야 했는데, 평상시 업무량이 줄어드는 것도 아니었다. 맡아야 하는 프로젝트, 제출해야 하는 업무 보고서도 줄어들지 않았다.

그 시스템이 과연 팀에 도움이 될지 아무도 몰라, 교육을 받는 데 시간만 엄청 쓰고 결국 한쪽으로 치워질 수도 있었다. 업무량이 이미 넘치는 상황에서 참여를 해야 하나 말아야 하나 고민할 수밖에 없었다.

결국, 팀 대표로 신청했다. 교육 기간 동안 회사에서 다른 지역에 있는 교육 장소까지 차로 오가며, 저녁엔 사무실에 남아 낮에 처리하지 못한 일까지 마무리해야 했다.

엔지니어는 원래 퇴근 시간이 늦은데, 교육 기간 동안엔 밤 11시쯤이 되어서야 회사 정문을 나올 수 있었다.

그런데, 그 기간에 들인 노력으로 훗날 생각지 못한 수확을 얻었다.

팀의 업무 실적이 향상된 것도 아니고, 업무 프로세스가 크게 개선된 것도 아니며, 내가 퇴사하기 전까지 그 시스템은 제대로 돌아가지도 않았다. 진짜 이점은 내가 스스로 얻어 냈다.

과정이 끝난 후 사내 강사 교육에 참여할 기회를 얻은 것이다.

1기 수강생이니만큼, 그중에서 강사로 활동하길 원하는 사람을 선발하는 게 당연했다. 앞의 과정도 수강했는데, 후속 과정인 강사 교육을 어찌 놓치겠나 하는 생각이 들었다.

도전을 두려워하지 않는 기세에 힘입어 테스트를 무사히 통과하고 증서를 받아, 해당 과정에서 사내 최연소 강사가 되었다. 다른 강사는 대부분 과장급 이상의 관리자였고, 나만 말단 사원이었다.

얼마 후 회사에서 고정적인 교육 과정을 개설했고, 나는 교육을 통과

한 다른 수강생들과 돌아가며 강사를 맡아 회사 전 부서 직원들에게 강의를 했다.

수업을 듣는 직원들 중 절반 이상은 나보다 경력이 많았지만, 그들에겐 새로운 업무 기능이라서 내 강의를 꼭 들어야 했다. 그뿐 아니라 시스템 도입 건으로 난징에 있는 자회사로 출장도 갔다.

사내 최연소 강사가 된 느낌은, 사회생활을 하기 전 군대 생활 경험과 비슷한 점이 있다. 군인 복역 시절, 예비 장교 후보생에 지원해 소대장을 맡는 바람에 제한된 자원으로 부대 일상생활을 처리해야 했다. 하여, 20세 초반의 나이로 100명이 넘는 사람들을 관리하는 경험을 쌓았다.

적극적으로 수강 신청을 하고 강사가 되는 과정은, 공부한 지식을 동료들에게 설명해 주고 수업이 끝나면 경력 직원이나 관리자급 상사들의 질문에 대답을 해 줘야 하는 도전의 시간이었다.

덕분에, 강단에서 강의하는 능력을 단련할 수 있었다.

또한 근무 시간 외에도 교재 준비에 많은 시간을 쏟아야 했지만, 소중한 경험을 얻었다. 그때의 강사 활동 경험 덕분에 그 후 강단에 서는 일이 쉬워졌고, 배운 내용을 어떻게 정리해 분석해야 하는지 알게 되었다. 어느덧 사람들 앞에서 하는 강의에 대한 자신감이 커졌다.

편안하지 않다는 걸 감당한 후에 얻은 상이다. 처음엔 그게 다른 일로 연결될 줄은 전혀 알지 못했다.

노력은 배신하지 않는다는 진리

염원하던 일을 성공적으로 이루는 사람들은, 겸손하게 노력하며 자기 일을 성실히 한다.

어떤 이는 평소엔 소박하게 지내면서도, 남들보다 훨씬 빨리 저축 목표에 도달한다. 어떤 이는 겉으론 일에 별로 신경 쓰지 않는 것처럼 보이지만, 퇴근 후 시간을 이용해 학원을 다녀 비즈니스 영어가 갈수록 유창해지기도 한다.

이런 식이다. 성공하는 사람은, 남들이 보는 곳에서만 노력하는 게 아니라 남들이 보지 않는 곳에서 더 정진한다.

결과만 중시하는 게 아니라 과정도 중시하며, 과정은 계속 이어지는 선과 같다는 점을 잘 안다. 현재 일어나는 일은 하나의 점에 불과하지만, 꾸준히 해 나가면 선의 다른 쪽 끝에서 결과가 나타난다.

진짜 편한 일은 별로 없다. 모든 일엔 나만 아는 서러움이 있고, 모든 노력엔 나만 아는 꾸준함이 있다.

겉으로 보기엔 자유롭게 밖에서 돌아다니는 것 같은 사람들도, 때때로 고개를 숙이고 이 사람 저 사람에게 일을 부탁해야 한다. 부하 직원들을 감독해야 하는 관리 책임자들은, 사람들을 괴롭히는 나쁜 상사라는 뒷담화를 감내해야 한다.

교사에겐 교사로서의 고충이 있고, 의사에겐 의사로서의 노고가 있다. 프리랜서는 직장인의 안정적인 수입을 부러워하고, 직장인은 프리랜서의 업무 유연성을 부러워한다.

일도 마찬가지다. 타인은 겉으로 드러나는 장점만 본다. 자신이 직접 해 봐야 어떤 점이 고생스러운지 이해할 수 있다. 세상에 단점 없는 일 따윈 존재하지 않는다.

역시 관건은, 현재의 일로 향후 더 나은 내가 될 수 있는지 여부다. 현재의 일이 짜증나더라도, 어떻게 해서든 뭐라도 배워 마음에 드는 일을 찾을 능력을 갖추자.

생각지 못한 성과들은 대개 보잘것없는 아이디어에서 시작되기 마련이며, 지금은 사람들이 경탄하는 일들도 다 흑역사가 있다.

처음엔 좋게 보는 사람이 없어도 끊임없이 자신을 믿고 설득하면, 결국 전혀 생각지 못했던 높이에 올라가 한 번도 보지 못한 풍경을 감상하게 될 것이다.

안일하게 살 수도 있지만, 너무 일찍부터 안일한 삶을 택하진 말자. 가끔씩 안일해지는 건 괜찮지만, 안일함만 추구하다 보면 언젠간 탈이 날 수 있다. 이 세상에 대충해서 이룰 수 있는 성공은 없고, 여유롭게 얻을 수 있는 성장도 없다. 기회는 과정 속에 숨어 있기에, 출발하지 않으면 영원히 만날 수 없다.

자신에게 용기를 주자. 일이 잘 풀리지 않을 때 자신을 격려하는 법을 배우자. 노력은 배신하지 않는다. 노력하면 빨리 가진 못해도 언젠가는 따라간다. 노력하면 지금은 편하지 않지만, 나중이 편해진다.

단기에 더 좋은 일을 할 수 없을진 몰라도, 자기 생활을 충실히 관리하고 자신을 위해 즐겁게 노력하면 큰 박수 소리를 들을 날이 반드시 올 것이다.

더 나은 인생 세우기 연습

열다섯

지금 어떤 일을 하고 있든
업무 내용에 마음이 짠해지든 신기하게 여겨지든
그 모두가 더 나은 삶을 위한 노력이다.

일은 남이 주기도 하지만
삶은 내가 살아가는 거라는 걸 잊지 말자.

일이 잘되고 못되고는
나 혼자 결정하는 게 아니지만,
삶의 즐거움 여부는
온전히 나의 몫이다.

넘치는 옵션 말고
과감한 용기가 필요할 때

직장 생활로 돌아가고 싶었던 적이 딱 한 번 있다. 아니, 솔직히 말하면 한 번은 아니다.

퇴사한 날부터 블로그를 쓰기 시작할 때까지, 그 2년간 끊임없이 목표를 찾았고 방황하며 지낸 날도 많았다. 직장을 그만두니 활용할 수 있는 시간은 많아졌지만, 하고 싶은 일은 더 많았고 어디에 집중해야 할지 곤혹스러웠다.

수입이 없는 상황에서, 안정적인 월급이 있었던 예전이 생각나면서 직장 생활로 복귀할 가능성에 마음이 움직이는 것도 당연했다.

당시 내가 마음에 품고 있던 꿈은, 실에 묶여 공중에 대롱대롱 매달린

채로 안정적인 월급이라는 자석과 같은 매혹을 애써 밀어내고 있었다. 선택할 수 있는 기회가 있다는 건 당연히 좋은 일이지만, 자신에게 너무 많은 기회를 주면 오히려 독이 된다.

컬럼비아대 쉬나 아이엔가 교수는 사람이 어떻게 선택을 하는지에 대한 전문 연구를 진행했다. 그는 "선택지가 너무 많으면 오히려 형편없는 선택을 한다. 퇴직금의 투자처를 선택할 때나 생애 다른 중대한 선택들을 할 때도 마찬가지다"라고 말한다.

그러나 선택의 여지가 많다는 건 매력적인 일이다. 적어도, 선택의 여지가 없는 것보단 낫지 않은가?

아이엔가 교수의 잼 실험은 이런 잘못된 사고를 허물어 준다. 그는 팀원들과 함께 진행한 고객의 잼 구입 의향 테스트를 통해 한 가지 사실을 발견했다.

매대에 스물네 종의 잼과 여섯 종의 잼을 진열하고 시식하도록 했다. 스물네 종을 진열했을 때 더 많은 사람을 시식에 유도할 수 있었지만, 최소 한 병은 구매해야 하는 상황에선 여섯 종 잼의 시식 매대에서 사람들이 더 쉽게 지갑을 열었다.

참 아이러니한 현상이다. 내 생활에서도 이런 일이 자주 벌어진다. 강한 호기심의 소유자인 나는, 낯선 걸 용기 있게 시도한다는 장점과 종종 선택 장애에 부딪힌다는 단점이 있다.

한 번은 친구와 카페에서 만나기로 약속했다가 선택의 어려움에 빠졌다. 그 카페에서 주문 가능한 식사 메뉴는 간단한 중식 위주였다. 그곳은 주로 편하게 수다 떠는 공간이었다.

우리 테이블 담당 직원이 메뉴판을 가져온 후에야, 나와 친구는 소고기 비빔면, 일식 치킨 등과 비슷한 메인 메뉴도 주문할 수 있다는 사실을 알았다.

음식 사진만 봐도 배가 고팠던 터라, 메인 메뉴를 주문하기로 마음을 바꿨다. 그런데 페이지를 넘길수록 메인 메뉴 가짓수가 많아져 고르기가 어려웠고, 동행한 친구도 깊은 고민에 빠졌다.

그렇게 20분을 훌쩍 넘겨서야 주문할 음식을 결정했다.

간단히 말해, 과도한 옵션은 나쁜 선택을 부르고 선택의 여지가 너무 많으면 선택하길 포기한다.

또 선택의 동력을 잃으면, 마음에도 없는 걸 수동적으로 선택하거나 별로 좋아하지도 않은 걸 선택하도록 끌려간다.

문제는 요즘 사람들이 '옵션 폭발' 시대에 살고 있다는 것이다. 선택할 게 많고 선택의 자유도 있는 듯 보이지만, 새로운 고민도 많아지는 경우를 자주 본다.

'어떻게 하면 올바른 선택을 할 수 있을까?'

한 끼 식사 메뉴나 휴대 전화 모델, 외출할 때 입을 옷을 고르는 것부터 대학에서 무엇을 전공할지, 어떤 일을 할지, 수술할 때 실패 위험도가 1000분의 3인 방법으로 할지 10000분의 1인 방법으로 할지까지.

또한 선택 사항이 너무 많으니 사람들은 자신도 모르는 사이에 선택 장애에 빠지고, 마음에 드는 인생을 가질 기회를 놓쳐 버린다.

최근에서야, 뺄셈의 철학을 실천하는 사람들이 늘고 있다. 처음 들었을 땐 상식에 어긋나는 느낌이었다. 소유는 많을수록 좋은 게 아닌가? 하지만, 많으면 허비하게 되니 돈 낭비, 정신 낭비다.

그럼 선택 장애를 어떻게 극복할 수 있을까? 관건은 선택을 어떻게 축소하느냐다. 물건을 사든, 인생 방향을 결정하든.

지금 걷는 길부터 잘 지나가자

나는 수납 잘하는 법을 배우는 데 흥미가 있고, 물건을 정리할 때마다 그 의미를 깨닫는다.

먼저 좋아하지 않는 것부터 버려야 한다. 그래야 좋아하는 걸 담을 공간이 생긴다. 집의 인테리어 공간이나 마음의 공간에 똑같이 적용되는 개념으로, 먼저 마음을 잘 정리해야 일을 잘 처리할 수 있다.

수납을 하다 보면 물건을 어떻게 정리해야 좋을지 고민하게 되고, 나아가 제한된 공간을 어떻게 활용할지를 골몰하게 된다.

공간의 크기는 고정적이지만 사람이 쓰는 물건은 세월에 따라 쌓이므로, 무엇을 남기고 무엇을 버려야 하는지는 내면을 정리하는 과정이기도 하다.

최근 10년간 전 세계를 휘어잡은 정리 전문가 곤도 마리에의 정리관을 무척 좋아한다.

'어떤 물건을 남기고 싶은지 생각하지 말고 어떤 물건이 필요하지 않은지를 먼저 생각하라.'

어떤 물건이 필요할까를 생각하면, 아까운 마음에 다 남기고 싶나.

불필요한 물건에 집중하면, 좋아하지 않는 물건의 형체가 비교적 명확해진다. 마찬가지로 내가 하고 싶은 일이 뭔지 아는 건 당연히 중요하지만, 때론 해선 안 되는 일이 뭔지 아는 게 더 중요하다. 시간 관리 기술에서 '하지 말아야 할 일 리스트'를 작성하는 것과 비슷하다.

인생도 똑같다. 지금 내가 무슨 일을 좋아하는진 몰라도, 무슨 일을 좋아하지 않는진 알 수 있다. 뺄셈 원칙을 응용해 옵션을 간추리고 에너지는 축적하자. 정리정돈하는 과정은 제거하고 교체하는 과정이다. 인생의 선택도 없애고 바꾸는 과정이 되어야 한다. 관건은 무엇을 퇴출시킬 것인지가 아니라, 마지막에 무엇을 남길 것이냐다.

퇴사 후 방황하는 시간을 겪고 나서, 눈앞에 기회가 있다고 해서 그게 전부 진심으로 원하는 일은 아니라는 걸 차츰 판단할 수 있게 되었다.

어쩌다가 타인의 기대를 감당하게 되는 경우가 있는데, 그건 꼭 해야 하는 일이라며 스스로를 설득하기도 한다. 타인의 시선으로 마음이 타들어 가, 아쉬움이라는 상처가 되곤 한다.

불순물이 함유된 물 한 컵을 아무리 흔들어 봤자 물과 불순물은 한데 섞여 있지만, 물컵을 가만히 테이블에 올려놓으면 불순물이 점점 가라앉아 분리되는 것과 같은 논리다.

사람 마음도 똑같다. 스스로 평온을 찾거나 당분간 사람들과 거리를 둬야, 좋아하는 일과 좋아하지 않는 일을 분간할 수 있다.

올바른 선택이란 게 결정과 똑같은 말로 보이지만, 그 이면은 여러 불확실한 요소들로 이뤄져 있다.

지나갈 길이 똑바른 직선처럼 보이지만, 출발 전부터 한참을 돌아가고 나쁜 가능성 사이에서 여러 번 갈등하다 결국은 스스로 솔직하게 인정하며 시종일관 근심하는 방향을 선택한다.

하지만 이건 다 상상일 뿐이다. 좋은데 버려야 하는 게 너무 많고, 나쁜데 감당해야 할 게 너무 많기 때문이다. 우리에게 필요한 건, 넘치는 옵션이 아니라 과감한 용기다.

가고 싶은 길을 찾을 수 없다면, 우선 현재의 길을 충실히 가자. 무슨 일을 해야 할지 불확실하다면, 우선 싫어하는 게 뭔지 자문해 보자.

삶 앞에서 우린 노력해야 하고 최선을 다해야 하지만, 억지로 해선 안 된다. 싫어하는 일이나 사람을 억지로 받아들이지 말고, 좋아하는 일을 위해 선별하려 노력하자.

내가 좋아하는 게 뭔지 알려면 시간이 꽤 필요하겠지만, 적어도 노력이란 걸 하며 젊음에 미안하지 않은 시간을 보낼 순 있을 것이다.

더 나은 인생 세우기 연습

열여섯

당신의 실패에
걱정하는 사람도 있지만
기뻐하는 사람도 있을 것이다.
그게 현실이다.

하지만 삶은 내 것이다.
모든 쓰라림과 고달픔은
나만 알고 내가 맛보는 것이다.

나를 응원하는 사람이 있으면,
나를 싫어하는 사람도 있다.
나를 격려하는 사람이 있으면,
내가 포기하길 바라는 사람도 있다.

사람들을 의심할 것까진 없지만,
나를 믿는 일엔 열심을 내자.

길을 잃을 순 있지만 가지 못할 길은 없다

시간의 정체는 자근자근 곱씹어야 알 수 있다.

고속 철도가 개통한 후 당일치기로 남쪽과 북쪽을 오가야 하는 업무 횟수가 많아져, 고속 철도 탑승 시간을 점점 즐기고 있다.

지금 사는 곳에서 역까지 거리가 좀 있어서, 웬만하면 집에서 나가는 시간을 딱 맞추려 한다. 너무 일찍 나서면 역에서 시간이 남고, 너무 늦게 나서면 열차를 놓치니 말이다.

몇 번은 열차가 들어오기 3분 전에야 역에 도착해, 배낭을 들고 헐레벌떡 플랫폼으로 질주한 적도 있다. 재미나게도, 1초 전까지 허겁지겁 플랫폼으로 돌진했다가 1초 후 열차에 올라타면 순간 안정감이 훅 몰려

온다. 누군가가 시간의 일시 정지 버튼을 눌러 준 느낌이다.

눈앞의 풍경이 영화에서 나오는 장면 같진 않다. 나를 제외한 모든 게 멈추는 건 아니고, 열차를 타는 순간 더 이상은 촉박한 시간을 염려하지 않아도 될 뿐이다.

열차가 목적지에 도착할 때까지 절대 공간 속의 시간을 확보한다. 그땐 마음껏 책 한 권을 읽을 수도 있고, 잠을 보충하거나 휙휙 지나가는 창밖 풍경을 구경할 수도 있다. 어떤 것에도 방해받지 않는다. 시간의 유동과 시간의 소실.

시간에 흔적을 남길 순 없겠지만

시간은 언제나 물음표를 갖게 한다. 시간은 공기, 소리, 빛처럼 만질 수 없지만, 우리 몸의 기관을 통해 느낄 수 없는 건 시간밖에 없다. 시간의 형체는 막대기 그림자, 모래시계, 시곗바늘이나 코드 번호에서 온 듯하지만, 실제론 시간을 포착하는 방법일 뿐이다.

사람은 의미를 추구하듯, 전 지구상에서 시간을 신경 쓰는 것도 인간밖에 없다. 몇 시까지 회사에 가야 하고, 며칠까지 공과금을 납부해야 하고, 하루에 몇 시간을 자야 하고, 다음 해로 넘어갈 때 100초가 아니라 10초 전부터 카운트다운을 해야 하는 것 등. 시간과 관련한 규범은 모두 인간이 고심해서 떠올린 것들이다.

또 시간에 대한 민감성은 어디에서 나온 건지, 몇 살 전까지 반드시 어떤 일을 해야 한다고 여긴다.

지금 나도 울며 겨자 먹기로 그런 상황에 직면했다.

30대를 코앞에 두면, 사람들이 얘기하는 나이의 문턱 때문에 불안할 줄 알았다. 그런데 29세 마지막 날은 평범한 날과 다름없이 휙 지나갔다. 나이의 문턱에 면역이 있다고 자화자찬하며 무방비로 있던 나였는데, 곧 다가올 40대의 문 앞에선 갈팡질팡하며 왠지 모르게 불안해진다.

하고 싶은 일이 많은데, 마무리할 시간이 부족한 적도 많다. 단계마다 모두가 맞닥뜨리는 난제일 것이다. 하고 싶은 일은 늘 맥을 못 추고, 할 시간이 부족한 일은 마음에 계속 걸려 있으면서, 걸핏하면 모기처럼 윙윙대며 귓가에 맴돈다.

버스에서 하차 역을 지나치면 얼른 내려 반대 방향 차를 타고 돌아오면 되지만, 인생은 그렇게 간단하지가 않다.

시간은 흐르는 물과 같다. 때려도 보고 휘저어 봐도, 원래 흐르던 상태로 돌아간다. 시간에 흔적을 남길 수 있는 사람은 아무도 없다.

손을 뻗어 받으려 하면 손가락 사이로 빠져나가고, 인생의 틈에서 흘러가 버린다.

시간은 우리가 뭘 지나쳐도 동정하지 않으며, 뭔가를 얻었다고 칭찬하지도 않는다. 시간은 존재하지 않는다. 존재하는 건 우리가 시간에 붙이는 생각이다. 생각을 껴입은 시간은 테두리가 생겨, 언제든지 만질 수 있을 것만 같다.

정말 스트레스를 주는 건 시간이 아니라 기대다. 타인의 기대, 사회의 기대, 가족의 기대, 친구의 기대 혹은 자신에 대한 잘못된 기대.

현재 자기 능력 밖의 일을 해내고 만족시킬 수 없는 일을 만족시키고 싶은 기대 말이다.

헬스를 시작하고 첫 1년 동안 걸핏하면 다쳤다. 대부분은 소소한 근육 파열이어서 며칠 쉬고 나면 회복되었지만, 한 번은 왼쪽 등허리 근육이 파열되어 거의 한 달이 지나서야 정상 활동이 가능해졌다.

상태가 그렇게 심각했던 건 내 근력에 잘못된 기대를 품었기 때문이다. 힘이 바닥날 때까지 웨이트 기구를 들면서 좀 더 버틸 힘이 남아 있다고 생각했으니, 몸이 감당하지 못하고 근육이 손상된 것이다.

내게 잘못된 기대를 품었다가 맞은 후폭풍이었다. 자신에게 어느 정도 기대를 거는 건 좋은 일이지만, 자신의 한계가 어디인지 아는 것도 배워야 한다.

몸은 한계가 있고, 능력도 한계가 있다. 아직은 이룰 능력이 없는 목표를 기어코 추구하거나 심리적 감당 능력을 넘어서는 타인의 기대에 부응하려 하는 경우, 기대를 충족할 힘이 없는 상황에선 오히려 자신을 부정하게 된다.

내가 능력이 부족한가? 노력은 가치가 없는 일인가? 왜 사람들은 내게 만족하지 못할까? 대뇌는 합리화를 시도하기 시작하고, 오히려 자신을 탓할 방법을 찾는다. 내가 부족한 건 아닌지 의심하고, 내 인생은 완벽하지 않다고 생각한다.

최선을 다해도 타인이 날 어떻게 볼지는 결정할 수 없으며, 아무리 잘해도 모든 사람을 만족시킬 순 없다.

나쁜 일을 만나면, 습관적으로 자신을 먼저 부정한다. 타인에게 욕 먹고 어떻게 반응해야 할지 모를 땐 말주변 없는 자신을 탓하고, 승진 명단에서 이름이 없으면 능력 없는 자신을 탓하고, 열심히 치장해도 봐 주는 사람이 없을 땐 패션 감각이 없는 자신을 탓한다.

하지만 누구나 잘하는 게 있고, 상대적인 장점이 있다. 조용한 사람은 상대적으로 세심하거나 배려심이 많고, 자기반성을 잘하는 사람이 멀리 가는 것처럼 말이다.

무엇보다 노력의 가치를 따질 땐 어떤 결과를 얻었느냐만 볼 게 아니라 과정에서 무엇을 얻었느냐를 봐야 한다. 더 나은 내가 되었다면, 남이 어떻게 보느냐는 상관없다.

인생에서 뭔가를 놓치는 건 괜찮다. 중요한 건 그 이후에 잡는 법을 배우는 것이다. 능력이 부족해도 괜찮다. 중요한 건 더 나아지기 위해 계속 공부하는 것이다.

난 내게 이렇게 말한다. 여러분도 그랬으면 좋겠다.

언젠가 분명해질 날이 온다

인체에 시간을 탐측할 수 있는 기관은 없지만, 때론 많게 때론 적게 느낄 순 있기 때문에 어른이 되면 시간이 빨리 간다는 생각이 든다.

시간이 왜 갈수록 빨리 가는 느낌이 들까? 이런 견해가 있다.

어릴 땐, 매일 새로운 일이 있고 새로운 경험으로 삶을 쉽게 가득 채울 수 있다. 또 타인의 시선에 민감하지도 않아, 삶이 쉽게 충만해지고 시간은 천천히 간다.

어른이 되면서, 신선한 느낌을 얻으려면 점점 더 큰 비용이 들고 일을 시작하려면 대가를 따진다. 더 새로운 경험을 원하면 돈을 더 많이 써야 하고, 더 먼 나라로 가려면 여행 경비가 더 많이 들며, 더 큰 목표를 이루려면 시간을 더 많이 써야 한다.

신선함을 얻는 속도가 일상의 반복에 뒤처지고 생활에 변화가 적어지며, 일상에 대한 기억이 중첩되기 시작하면서 시간이 훅 지나간다.

계량의 개념을 적용하는 견해도 있다. 프랑스 철학자 폴 자네가 제기한 '비례 이론'이 기원이다.

1년이란 시간은 10세 어린이에겐 인생의 10퍼센트를 차지해 꽤 긴 느낌이 든다. 하지만 50세인 사람에겐 인생의 2퍼센트에 해당하므로 아주 짧은 느낌이다. 시간이 사라지는 속도가 10세 아이에겐 자전거를 타는 느낌이라면, 50세 어른에겐 비행기를 탄 느낌인 것이다.

시간에 관한 농담이긴 하지만, 어렸을 땐 젊음을 흥청망청 낭비하다가 어른이 되면 세월 앞에 장사 없다는 말을 깨닫는다.

확실한 건, 지나간 일은 되돌릴 수 없고 앞으로 올 미래는 제때 잘 잡아야 한다는 것이다. 반복되는 일상은 잘 바뀌지 않지만, 바꾸길 원한다면 언제 시작해도 늦지 않으며 바꾸고 싶지 않은 사람에게 시간은 아무리 많아도 늘 부족하다.

삶에 치여 하고 싶은 일들을 할 시간이 없는 것처럼 느껴질 때가 많다. 현실 때문에 안정감은 한 조각 한 조각 떨어져 나가고, 추락하는 느낌은 하루하루 더 강해진다. 그러다 어느 날 주위를 둘러보면, 주위 풍경이 낯설고 뭔가를 하고 싶지만 무력한 느낌이 든다.

하지만 변화라는 건 지금 무엇을 가지고 있느냐가 아니라 앞으로 무엇을 원하느냐를 봐야 하는 일이며, 시작이 너무 늦은 걸 걱정할 게 아니라 시작하지 않은 걸 걱정해야 하는 일이다. 이미 늦어 버린 일도 물론 있지만, 그렇다고 모든 일이 다 기한이 지난 건 아니다.

컴퓨터 수업을 듣던 일이 생각난다. 같은 반 친구와 타자 속도를 비교하곤 했다. 우리 둘은 반에서 타자 속도가 가장 빠른 축에 속했고, 타자 연습 시간마다 누가 더 빨리 화면상의 글자를 먹어 치우나 비교했다. 이를테면 친구끼리 자체적으로 연 시합이었다.

전화기에 아직 꼬불꼬불한 선이 달려 있고 길가엔 심심치 않게 공중 전화가 있던 그 시절, 네트워크의 발전은 어림도 없고 휴대 전화는 개념조차 없던 시절에 타자 연습은 대체 어디에 쓸지 아무 생각도 없었다. 지금 매일 타자를 치며 살 줄 전혀 몰랐다.

지금 왜 하는지 모르는 일들이, 시간이 가면서 분명해지는 날이 올 것이다. 지금 인생의 어느 단계에 있든, 나이는 시간을 느끼는 방법일 뿐이며 삶을 느끼는 곳은 영혼이다.

자신을 얽매지 말고 많이 긍정하자. 자신의 속도가 느리다는 걸 알고 있는 사람은 조금 일찍 출발하자. 눈앞에 길이 없으면, 자신을 밀며 앞으로 나가자.

삶의 쿠키 영상은 마지막까지 버티는 사람에게 주어진다. 아직 성과가 이뤄지는 과정일 뿐, 현실로 바뀌지 않는 노력은 없다. 삶이 우릴 공격하겠지만, 갈고 닦이다 보면 스스로 빛을 발하는 날이 올 것이다.

더 나은 인생 세우기 연습

열일곱

지나가지 못할 일은 없다.
지나갈 수 없는 일도,
시간이 더 지나면 별거 아닌 게 된다.

시간은 보이지도 않고 냄새도 안 나지만
우리에게 실질적인 영향력을 행사하고 있다.

아무리 잘 나가도
시간 앞에선 다 순간이며
모든 소란은 결국 사그라든다.
그러니 자신을 묶어 두지 말자.

정말로 힘든 건,
갈 길이 너무 먼 게 아니라
발에 난 물집이 너무 아픈 것이다.
상황이 빨리 무마되지 않더라도
기분이 좋아지면
일도 좋아질 것이다.

앞으로
좋은 일만 있을 나에게

우리는 무럭무럭 성장해야 하는 자연 세계에 살고 있다. 성장 동력을 잃으면 시들어 떨어질 일만 남는다. 시들어 떨어지는 건 결코 좋은 느낌이 아니다. 고독감을 선사하며 활력을 앗아 간다.

아침엔 일어나기 싫고 밤엔 잠들기 어렵다. 밖에 나가면 사람들과 거리를 유지하고 싶은 생각만 들고, 사람들과 함께 있을 땐 무시를 당하면 당했지 대화하고 싶진 않다. 결국 자기 자신과 지내는 일도 버거워진다.

나중엔 부정적 정서가 쌓이고, 그런 정서가 오래가면 하는 일마다 뜻처럼 되지 않고 현재 생활에 자신감을 잃게 되며 미래에도 관심이 없어진다. 처음엔 조금씩 시들어 가지만 마지막엔 우울증이 되어 버린다.

불만이 없는 사람은 거의 없다. 저마다 현재 생활에 마뜩잖은 부분이 있기 마련이다.

아무리 낙관적인 사람도 기분이 처질 때가 있고, 아무리 성공을 갈망하는 사람도 휴식이 필요할 때가 있다. 막막해질 때가 있고, 벗어날 수도 바꿀 수도 없는 과거에서 빠져나오지 못할 때가 있다.

현재 생활이 더 이상 마음의 불꽃에 불을 지피지 못하는 상황을 어떻게 마주해야 할까? 그런 생활에 이끌려 어디로 가게 될까?

어찌 됐든 결국, 더 좋거나 더 나쁜 방향으로 갈 것이고 그 결정권은 자신에게 있다.

어찌할 바를 모를 때, 우리 마음은 쉽게 고민에 점령되어 버려 앞으로 나아가야 할 동력이 미래에 대한 기대로부터 온다는 사실을 잊는다. 이미 충분히 준비했어도 내일이 되면 또 결함이 찾아질 것이다.

이전에 실수를 얼마나 했던, 강한 사람은 다른 기회를 찾을 수 있다. 관건은, 삶에서 아름다운 면을 볼 줄 아는 법을 배워 일시적인 고민으로 새로운 하루를 망쳐 버리지 않는 것이다.

일이 잘 풀리지 않을 때 자신을 격려하는 법을 연습하고, 타인의 시선이 곱지 않을 때 앞으로 나가도록 자신을 일으켜 세우자.

무슨 일이 생겨도 또 어떤 어려움을 만나도, 안 좋은 일이 지나갈 때까지 스스로 버텨 낼 수 있는 사람이 되자.

지금 내가 가진 것에 집중하는 게 좋다

숨도 쉬지 못하겠는 상황에서도 꼭 뭔가를 해야 한다고 스스로에게 강요할 필요는 없다.

조용한 곳에 앉아 마음을 따뜻하게 해 줄 차 한 잔 타서, 시간에 쫓기지 않는 오후를 보내며, 헝클어진 마음이 풀어지도록 시간에 맡겨 보자. 마음이 차분해지면, 많은 일이 더 또렷하게 보여 산만한 생활에서 자신만의 선율을 그려 낼 수 있을 것이다.

삶이란 게 그렇다. 결과를 지나치게 걱정하면 괴로워진다.

현재를 열심히 잘 경영하면 더 나은 미래를 기대할 수 있다. 자신을 억지로 희생하면서까지 내 것이 아닌 것에 욕심 낼 필요는 없다. 그런 사람, 그런 일이 내 것이 되지 않는 건 그만한 이유가 있을 것이다.

내가 더 성장해야 할 것이고, 시간이 더 필요할 것이며, 준비가 제대로 될 때까지 기다려야 할 것이다.

샅샅이 뒤져도 나오지 않던 물건이 어느 날 갑자기 눈앞에 나타나는 것처럼, 아무리 애써도 잊을 수 없는 사람이 어느 날 갑자기 나와 무관하게 느껴지는 것처럼 말이다.

가질 수 없는 게 아니라 가진 것에 집중하자. 주위에 소중히 여길 만한 일이 많고, 스스로 자랑스럽게 여길 만한 일도 많다.

내 페이스대로 앞으로 가면 된다. 삶은 나만의 방식으로 물든다.

가질 수 없는 것에 연연하느니 가진 걸 아끼는 게 낫다. 더 좋아질 수 있는 방향으로 자신을 계속 밀고 또 밀면, 어느 날 더 좋은 일이 자연스럽게 턱 하니 나타날 것이다.

지나간 삶을 원망하지 말자. 현재는 과거가 쌓여 이뤄진 것이니, 마음에 들지 않으면 바꿔 나가자.

원망할 삶을 살진 말자. 미래는 현재의 내가 결정하는 것이니, 지금부터 추진해 더 나은 미래를 만들자.

완벽할 수 없지만 여러 가능성으로 충만하기에, 인생은 기대할 가치가 있다. 지금의 노력으로 점점 더 내가 좋아하는 모습에 가까워질 수 있다.

더 나은 인생 세우기 연습

열여덟

때론 행복이 요원하게 느껴지지만
행복은 일상 속 보잘것없는 곳에 숨어 있다.

가끔씩 나타나 존재감을 드러내며
계속 앞으로 나아가야 할 이유를 상기시킨다.

마음이 지치면
즐거웠던 기억과
지금 가진 행복을 떠올리자.

마음으로부터,
새롭게,
힘을 찾자.

나만의 이야기를 써 내려가는 게 답이다

모든 우연 뒤엔 필연이 있다고 한다.

동창이 출세 가도를 달리는 걸 보면, 그가 방과 후에 열심히 책을 읽던 모습이 떠오른다. 유학 갔던 친구가 창업에 성공했다는 소식을 들으면, 그가 타향에서 외롭게 지냈을 밤들이 보인다. 체형이 탄탄한 이의 사진을 접하면, 그가 가까이하기엔 너무 먼 음식들을 먹고 남들이 쉴 때 혼자 열심히 운동했다는 사실을 알게 된다.

사람의 한평생은 평균 3만 일이다. 스스로에게 성실하게 물어봐야 한다. 자신에게 쓴 시간이 얼마인가? 타인의 삶에 관심을 가진 시간은 얼마인가? 사회에서 일어난 뉴스를 얼마나 궁금해했나? 정치인에 동조해 아직 검증되지 않은 사실을 떠들어 대거나 욕하진 않았나?

시간은 공평하다. 지금 어디에 시간을 쓰느냐에 따라 미래가 결정된다. 시간은 짓궂다. 시간을 중요시하지 않는 사람을 놀려, 지금은 시간을 소홀히 해도 괜찮은 것처럼 생각하게 만들어 놓고, 어느 날 돌아보면 만회할 기회를 눈곱만큼도 주지 않는다.

인터넷에 올라오는 환골탈태 사례들을 보면, 비포&애프터 대조 사진과 스토리는 늘 대중의 관심을 끌고 사진 밑엔 엄청난 '좋아요'와 '공유하기'가 있다. 한 사람의 환골탈태 스토리는 엄청난 흡인력이 있어, 묻지도 따지지도 않고 파헤치길 좋아하는 네티즌 수사대를 끌어당긴다.

타인의 노력은 이토록 매력적인데, 자신의 노력은 힘들기만 한 이유가 뭘까? 단순한 일이, 하기엔 쉽지만 오래 하긴 어렵기 때문일 테다.

성공 스토리를 읽으면 자극이 되지만, 막상 실행하려면 인성을 시험하는 일이라는 걸 나도 경험에서 느꼈다. 단순한 일을 잘하는 건, 그 자체가 위대한 일이다.

엔지니어로 일하던 시절엔 회로를 설계하는 일이 잦았다. 회로는 인체와 다르다. 사람 몸은 감기에 걸려도 살 수 있고 증상이 심해도 기력이 없거나 목숨이 간당간당한 수준이지만, 회로는 오류가 있으면 기능이 완전히 틀어지고 '퍽' 하는 소리와 함께 연기가 피어오르기도 한다.

그래서 회로를 설계할 때마다 부품을 표로 정리하고, 모든 부품 번호를 육안으로 꼼꼼히 확인한다.

요리와 비슷하다. 창의성을 발휘할 순 있지만, 어떤 건 넣어도 되고 어떤 건 넣으면 안 되는 요리가 있다.

회로를 설계할 때도 함부로 사용해선 안 되는 부품들이 있다. 하필 그런 부품들은 번호가 비슷비슷하고 아주 길다. 전화번호 뒤에 열 몇 자리 숫자를 합한 듯한 길이고, 영어 코드도 섞여 있다. 덕분에 오류를 내지 않으려고 부품을 표와 꼼꼼히 대조하는 인내심을 길렀다.

이런 번거로운 일은 컴퓨터에 맡기면 그만이지만, 어쩌다 숫자 표기 하나만 틀려도 전혀 다른 결과가 나오기 때문에 핵심 부품은 수동으로 확인해야 한다. 오류가 나지 않을 것 같은 곳일수록 쉽게 오류가 일어나 손해를 본 경우가 허다하다.

엔지니어 일을 그만뒀지만, 꼼꼼히 비교하는 습관이 생겼다. 단순한 일들이 간단해 보이지만 제대로 하려면 결코 쉽지 않다는 사실을 나중에서야 차츰차츰 깨달았다.

글을 한 편 올리긴 어렵지 않지만, 하루에 한 편씩 매일 올리는 건 어렵다. 글 한 편은 몇 시간이면 쓰지만, 좋은 글을 쓰려면 며칠씩 걸린다. 구상부터 글을 쓰기 시작하는 데만 몇 개월이 걸리기도 하며, 몇 년을 걸쳐 서서히 영그는 깨달음도 있다.

단순한 일은 양심에 어긋나기도 한다. 간단하기 때문에 덜렁대기 쉽고, 간단하기 때문에 참을성도 없다.

이럴 땐 시간이 가장 공신력 있는 증인이 된다. 단순한 일을 오래, 잘 해내는 사람을 눈여겨본다. 이들은 특정 분야에서 꾸준히 빛을 발한다. 일을 하는 당시엔 관심 두는 사람이 별로 없더라도 말이다.

어린 시절 한동안 우표 수집에 미친 적이 있다. 그땐 우표에 적힌 가격을 보며, 나중에 내 우표가 절판이 되면 난 세계에서 그 우표를 소장한 몇 사람 안에 꼽히겠지 하는 생각을 했다.

순진함이 어린 시절의 특권이라지만, 어릴 땐 바깥을 보는 방식이 단순했던 덕분에 어른이 되고 나선 신경 쓰지 않는 이치를 볼 수 있었다.

'간단한 일도 시간의 운반을 거치면 간단하지 않게 된다. 우표 한 장을 수십 년 보관하면, 시간이 자비를 베풀어 액면가가 달라진다.'

사람의 능력도 마찬가지다. 직장에서 생존하려면 전문 기술이 필요하다. 하지만 단순한 일을 잘 처리하는 능력을 소홀히 하면 안 된다. 직장에선 그에 따라 우열이 갈리기 때문이다.

'시간으로 검증되는 일들은 가치가 크고, 검증 시간을 줄여 주는 방법도 아주 가치가 높다.'

수년 전 뿌듯한 깨달음을 얻었을 때 썼는데, 지금도 공감이 간다.

내가 좋아하는 삶을 살아 보자

지금 하는 일을 소홀히 하지 말자. 남들이 보기에 단순하든 복잡하든, 열심히 배워 두면 나중에 피가 되고 살이 된다.

성장의 가장 오묘한 부분인 것 같다.

타인은 내가 반짝이는 날에만 날 바라봐 주고, 내가 고생하는 날엔 관심을 기울이지 않는다. 하지만 고생하는 날이 있어야 편안할 날이 온다.

현대인의 관심은 집중되기도 하고 분산되기도 한다. 매일 해도 해도 끝나지 않는 일이 있고 봐도 봐도 넘치는 뉴스가 있지만, 초점은 늘 누구가가 너무 훌륭하거나 너무 나쁜 데 맞춰져 있다.

이렇게 오래 하다 보면, 인생은 바로 저래야 한다고 여기며 자신의 삶이 따분하게 여겨지기 시작한다.

하지만 겉으로 보이는 화려함 뒤엔 대개 가시밭길을 헤쳐 온 지난날이 있다. 현재 생활이 안정적이라 해도 힘들게 노력해야 유지할 수 있다. 하늘 아래 쉽게 얻어지는 건 없고, 가치 있는 것과 얻는 것 사이엔 지름길이 없다.

타인의 성공을 부러워할 필요는 없다. 자신이 똑같은 대가를 감당할 수 있다는 보장이 없기 때문이다.

자신의 노력을 깔볼 필요도 없다. 안정적인 생활을 확보했다는 것 자체가 대단한 일이다.

성공을 해도 좋고, 평범하게 살아도 좋다. 타인의 입에 오르내리는 대단한 일을 할 필요 없이, 그저 내 일을 잘하면 된다.

타인이 부러워하는 삶을 살 게 아니라 내가 좋아하는 삶을 살자.

현재를 열심히 살자. 시간은 너무 짓궂어서 우리가 간절히 바랄 때 바로 대답을 주지 않고, 우리가 열심히 살 때 깜짝 선물을 준다.

더 나은 인생 세우기 연습

열아홉

편한 선택은 누구나 할 수 있다.
인생이 어려운 건,
어찌해야 할 바를 모르는 일들 때문이다.

변화는
모험이 아니라
어제의 나보다 조금 더 좋아지길 바라며
원하는 삶에 좀 더 가까워지는 것이다.

고생이 따르는 선택엔
더 나아질 기회가 숨어 있다.
남이 원하는 내가 되려 하지 말고
내가 원하는 삶을 끝까지 추구하자.

노력하면
경험하는 일들이 나만의 이야기가 될 것이고,
열심히 하면
일어나는 일들이 최고의 계획이 될 것이다.

흔들리지 않고
피는 꽃이 어디 있는가

글 쓰는 분위기를 조성하기 위해서, 새 책을 쓸 때 환경에 새로운 요소를 추가하려고 아이디어를 짜곤 한다. 새 머그컵을 사용한다거나 뽑기 기계에서 뽑은 인형을 한쪽에 놔둔다든지, 새로 나온 가벼운 음악을 들으며 집중력을 높이는 등의 방법을 시도해 봤다.

이 책을 쓰는 동안엔 책상에 아로마 캔들을 켜 놓았다. 한참 켜 놓고 나서야, 아로마 캔들을 잘 보살피는 게 쉽지 않다는 걸 알았다.

그 안에 삶의 진리가 숨어 있었다.

우선 재밌게 느껴진 건, 캔들이 기억을 한다는 것이다.

아로마 캔들은 보통 투명 컵에 담겨 있고, 초의 심지는 컵의 중심에 있다. 불을 붙이면 온기가 중심에서부터 바깥쪽으로 퍼진다. 열기가 부족하거나 겨울처럼 추울 땐, 컵 가장자리 쪽의 초는 잘 녹지 않는다.

시간이 지나면 캔들이 오랫동안 빗물에 팬 흙처럼 되어, 컵에 고리 모양으로 움푹 패는 곳이 생긴다. 이때 신경을 쓰지 않으면 캔들에 '기억테'가 생기기 시작한다.

처음엔 캔들에 기억이 생긴다는 게 정말 흥미로웠다. 캔들에 생명력이 생겨, 새 책 쓰는 과정을 함께하는 느낌이었다. 그 독특한 시간의 느낌이 이 책의 특별한 기억이 되도록, 그냥 초가 타게 놔뒀다.

그런데 초를 오래 태웠더니, 컵 가장자리에 타지 않은 초가 점점 높이 쌓였고 원래 움푹 팼던 부분은 산골짜기가 될 기세였다. 캔들을 낭비하고 싶지 않기도 했고, 불꽃 모양도 작아지기 시작한 데다가, 근처의 공기 흐름이 세면 불꽃이 사라지고 흰 연기가 피어올랐다.

그동안 글을 쓰며 촛불이 너울거리는 모습을 보는 게 익숙해진 터라, 불꽃이 너무 작은 걸 보니 분위기가 나지 않았다.

인터넷으로 해결 방법을 찾아보니, 새 심지를 끼워 보라고 공유한 글이 있었다. 그런데 그 전에 먼저 초를 녹여야 한다. 예를 들면, 중탕을 해서 초에 열을 가하고 완전히 녹으면 새로 산 심지를 꽂는 것이다. 하지만 난 귀차니스트인지라 다른 방법을 고민하기 시작했다.

촛불을 자세히 관찰하다가 별안간, 초를 오래 태우면 심지 길이가 너무 짧아져 아로마에 파묻혀 태울 수 없게 될지도 모른다는 생각이 들었다. 호기심에 발동이 걸려, 녹은 촛농을 티슈로 흡수해 봤다. 그랬더니 촛불이 다시 켜졌다. 약간의 초를 희생시키면 연소에 새로운 활력을 불어넣을 수 있는 것이었다.

순간 깨달았다. 삶에서도 때론, 기존에 가지고 있던 걸 버려야 새롭게 빛을 발하는 나를 볼 기회가 생긴다.

비유가 너무 억지스럽다고 생각하는 사람도 있을 것 같다. 하지만 난 진심으로 그렇게 생각한다. 과학 단지를 떠나기로 한 건 과감한 결정 같지만, 마음속으로 엄청나게 갈등하다가 내린 결론이었기 때문이다.

취할 것인가 버릴 것인가 사이에서 여러 가지가 고민되지만, 가장 어려운 건 역시 현실적인 일이다.

인터넷에서 이런 질문을 본 적이 있다.

월급은 400만 원이지만 좋아하지 않는 일, 월급은 200만 원이지만 좋아하는 일 중에서 어느 쪽을 선택하겠는가? 질문 밑에 금세 많은 댓글이 달렸다. 여러 이유를 내세웠지만, 역시 월급 400만 원의 일 쪽으로 치우치는 사람이 많았다. 그중 한 댓글에 이렇게 쓰여 있었다.

"일은 좋아하지 않지만 200만 원 더 벌면 퇴근 후 삶의 질을 확보할 수 있으니, 당연히 400만 원 쪽을 택하겠다."

일을 그만두기 전까지 갈등했던 부분도 비슷했다. 연구 개발 엔지니어는 다른 직무보다 급여가 후하다. 특히 당시는 퇴사 후 무슨 일을 할지, 수입이 그만큼 될 것인지도 알 수 없었다.

'수입이 지금의 절반도 안 되면 어쩌지? 단지에 복귀해 일할 기회마저 없으면 어쩌지?'

답을 알 수 없는 문제들로 고민스러웠다. 그래도 그 일을 그만두기로 했다. 나무보다 숲을 보며 살기로 했다. 내일이 없는 사람처럼 살 작정은 아니었지만, 다시 테크 기업에서 일할 일은 없을 듯한 느낌은 확실했다. 이런 일을 좋아하지 않는 게 확실한 이상, 돈을 우선순위에 놓으면 안 된다고 생각했다. 사직서를 내기 전에 스스로에게 말했다.

'수입이 이만큼 높으면서도 좋아하는 일을 분명 찾을 수 있을 거야.'

예상치 않게 이 목표는 5년이 되기 전에 이뤄졌다. 지금까지 일로써 거둔 성취와 수입 모두 당초 기대치를 훨씬 넘어섰고, 촛농을 흡수하니 촛불이 다시 새롭게 타오르기 시작할 때 마음에 와 닿는 게 있었다. 가지고 있던 걸 버리는 대가로 얻는 진보는 기대를 뛰어넘는다.

미래의 나를 믿어야 하는 이유

다양한 상황에서, 격려의 말 한마디 해 줄 수 있냐는 질문을 간혹 받는다. 그중에서 가장 좋아하는 말이 있다.

'미래의 나를 믿으면 현재의 문제를 해결할 수 있다.'

현재 상황에 목매는 이유는, 대개 눈앞의 문제를 해결할 능력이 부족해 어쩔 수 없이 둘 중 하나를 선택해야 하는 문제에 봉착할 수밖에 없을 것 같기 때문이다. 현실에 타협할까, 꿈을 좇을까?

"좋아하는 일을 하고 싶지만, 그런 일은 수입이 너무 적어요."
"지금 하는 일은 너무 괴롭지만, 수입은 그런대로 괜찮거든요."
"저도 꿈을 좇고 싶죠, 그런데 현실도 무시할 순 없잖아요."

변화 앞에 선 많은 이가 고민하는 문제들이다. 하지만 이미 오래 고민했고 어느 쪽을 선택할지 재 보는 데 많은 시간을 썼음에도 여전히 또렷한 답을 얻지 못했다면, 기대되지만 두려운 쪽을 선택하는 게 어떨까?

우리는 미래의 자신을 믿어야 하며, 성장한 후 더 큰 능력을 갖춰 현재 극복할 수 없는 문제를 충분히 해결해 낼 자신을 믿어야 한다.

지금 눈앞의 문제를 해결할 수 없는 게 아니다. 아직 조금 덜 강한 것뿐이다. 일 처리 능력이 부족할 수도 있고, 지혜가 부족할 수도 있다. 이 문제가 아주 작아질 날이 올 것이다. 계속 성장한다면 말이다.

물론 그 과정에서 슬럼프도 겪을 것이고, 익숙했던 환경으로 돌아가고 싶기도 할 것이다.

나는 퇴사 후 3년간 갈등이 심했다. 계속 버텨 보고 싶기도 하고, 직장에서 누렸던 안정감이 그립기도 했다. 그래서 불안하기도 하고, 축 처져 슬럼프에 빠지기도 했다.

하지만 잘 알고 있었다. 직장으로 돌아가든 창업을 하든, 어느 쪽을 선택해도 불안하고 슬럼프에 빠질 때가 있을 거라는 사실을 말이다.

다들 슬럼프를 겪는다. 특히 일을 잘하고 싶어서 열심히 노력할 때 슬럼프에 잘 빠진다.

사람은 정상에 오르면 자신의 능력을 과대평가해 고개를 숙여 자신의 걸음을 똑똑히 보지 못한다. 반면 밑바닥에 있을 땐 타인의 시선이 너무 신경 쓰여 고개를 들고 어려움과 마주할 엄두를 내지 못한다.

슬럼프는 자신을 이해하기에 가장 좋은 시간이다. 주변에서 들렸던 칭찬은 사라지고 심장 뛰는 소리만 남는다.

어디로 가고 싶은지 자신에게 질문할 여력이 있고 또 자신의 불안함에 귀를 기울일 수 있는 유일한 시간이다.

잠깐의 불안으로 자신을 망치지 말고, 자신을 격려하는 법을 연습하자. 용기 내 미래의 나를 신뢰하자. 지금 가고 있는 길이 흔들릴지라도, 덕분에 강해질 것이다.

인생에 쓸데없는 노력은 없다. 성과가 조금 늦게 나타날 뿐이다.

좋을 땐 고개를 숙이고 열심히 누리고, 나쁠 땐 더더욱 고개를 들고 열심히 지나가자.

아무것도 하지 않고 컵 안에서 춤추는 불꽃만 바라보고 싶을 때가 많다. 아로마 향기가 주변 공기로 스며들면 아주 편안해진다. 조용히 일상의 한편을 응시하며 생각의 가장 깊은 곳에 빠지는 게 좋다.

그곳에서 힘을 찾아 내게 말한다.

'헛되이 버려지는 노력은 없다. 모든 희생은 또 다른 방식으로 내 곁에 돌아온다. 성장한 후에 미래의 나를 마음 놓고 기대하자. 언젠간 지금의 문제가 느긋하게 해결될 것이다.'

더 나은 인생 세우기 연습

스물

도전하는 만큼 가능성이 생긴다.
기회가 꼭 친숙한 모습으로 나타나는 건 아니지만
기회의 등장엔 똑같은 전제가 붙는다.
노력하면 다양한 깨달음을 얻는 것처럼,
시간이 묵묵히 나의 경험을 쌓고 있는 것처럼.

어려움을 두려워하지 말고,
가이드라인으로 삼자.
노력은 쉽지 않지만,
우리를 박대하지 않는다.

쉽게 얻어지는 건 없다.
먼 길일수록 야무지게 밟으며 가자.
지금 컴컴한 곳에 있다면,
나를 위해 한 줄기 빛을 밝히자.

4장

우리 서로를,
자유롭고 즐겁게 하자

: 관계에 대하여

한계를 정하자, 가장 중요한 건 나 자신이다.

사람은 유연해야 하지만, 마지노선은 있어야 한다.
먼저 자기 인생을 책임져야 하며
그런 후에야 타인의 인생을 책임질 수 있는 것이다.

나를 소중히 하는 사람을 소중히 여기자

사람과 사람 사이에서 무서운 건 습관이다.

누군가 나의 삼시 세끼를 챙겨 주는 게 습관이 되면, 내가 배고플까 봐 걱정하는 그의 관심을 놓치게 된다. 누군가 더우면 더울세라 추우면 추울세라 살뜰히 보살펴 주는 게 습관이 되면, 날 외롭게 두지 않으려는 그의 배려를 당연할 걸로 여기게 된다. 안정적으로 생활하는 게 습관이 되면, 약간의 기복에도 불안해진다.

집을 떠나 타지에서 공부하면서, 내가 강한 존재감을 발휘하는 습관들이 있다는 걸 깨달았다.

방학 때 집에 가서 먹었던 엄마의 밥은 기억하는 것보다 맛이 밋밋했지만, 밖에서 먹는 밥으론 영원히 대체 불가능한 행복을 느꼈다.

졸업 후 오랜만에 만난 친구와의 수다는 옛날 일을 소환하는 주제가 대부분이었지만, 세상엔 대체할 수 없는 우정이 있다는 걸 확인해 줬다.

대체로 그런 것 같다. 은연중에 습관이 된 일들은 뭔가와 비교해야 무게를 느낄 수 있다. 습관처럼 당도 100퍼센트 음료수를 마시다가 당도가 적은 음료를 마시면, 단맛이 부족하다는 생각이 든다. 삶의 낙이라 여기는 것들이 상관없는 일 때문에 계속 방해를 받으면, 작지만 참된 행복을 주는 그 일들을 차츰 잊어버린다.

뉴스는 온통 연예 기사 같고, 정치는 우상화되기 시작하며, 텔레비전과 인터넷엔 자극적인 여론이 넘쳐나고, 하루의 기분도 그에 따라 오르락내리락한다. 반면 단순하지만 중요한 것들은 소란스러운 세상에서 소리 소문 없이 묻혀 버린다.

그래서 조금만 소홀히 해도, 가장 단순한 일이 가장 중요한 일이라는 사실을 잊고 만다. 헤어짐이 아쉬워서 했던 포옹, 한번 잡으면 놓고 싶지 않았던 손, 어려서부터 먹고 자란 집밥, 이런 것들은 복잡다단한 현실에 의해 중요하지 않은 걸로 희석되기 쉽다.

인생은 생각지 못한 속도로 에필로그에 가까워진다는 걸 이해할 때에야, 주위에 아낌 받을 가치가 있는 일들이 꽤 많다는 걸 깨닫는다.

아름다운 일이, 바쁜 일상 때문에 평범해지는 경우가 많다.

학생 땐 진수성찬 한 번이면 즐겁지만, 사회생활을 시작하면 진수성찬도 공허함을 메워 주지 못한다. 젊을 땐 업무에 진전이 있으면 자신을 긍정하지만, 그 후엔 획기적인 성과를 이뤄도 기뻐할 거리가 안 된다.

더 이상 쉽사리 떠오르지 않는 아름다운 지난날, 한참 동안 못 본 가족, 바쁜 생활로 존재감은 모호해지고 어지간한 감동엔 느낌도 없다.

하지만 인생에서 나를 걱정하고 내게 권고하며 나를 야단치는 사람이 몇몇은 꼭 있으며, 그건 나를 떠나고 싶지 않아서다.

조금만 정성을 기울이면, 정말 나를 떠나지 않을 이가 누구인지 알 수 있다. 늙지 않는 부모는 없고, 옅어지지 않는 감정은 없다.

한결같이 곁에 있어 주는 사람을 소중히 여기자. 상대가 돌아서고 나서야 기대려 하지 말고, 상대가 무관심해지고 나서야 나를 향한 관심이 당연한 게 아니었다는 걸 깨닫지 말자.

원하는 삶을 위해 노력해야 하지만, 마음 써야 할 사람과 일을 무시해선 안 된다. 앞으로 나가려는 노력은 필요하지만, 곁을 지키는 사람을 팽개쳐도 된다는 뜻은 아니다. 노력은 더 나은 내가 되기 위해서뿐만 아니라 평범하지만 소중한 것들을 지킬 능력을 갖추기 위해 하는 것이다.

나 역시 소중히 여길 가치가 없는 사람이 되어선 안 된다. 지나치게 타인에게만 맞추면, 나의 배려를 당연한 것으로 여기기 때문이다.

랜덤 세상에서 내 일을 잘 붙잡아야 산다

직장 생활을 하던 시절, 사무실에 잘 지내던 동료가 있었다. 나는 연구 개발팀이었고, 그는 행정 부서였다. 우리는 출퇴근 시간이 달랐는데, 밤 10시가 넘은 시간에도 그가 바쁘게 오가는 모습이 자주 보였다.

한 번은 찻물을 받으러 갔다 만난 그에게 지나가는 말로 물었다.

"일이 그렇게 많아요?"

"다른 직원들 일이 끝나야 제가 후속 처리를 할 수 있어서요."

그는 대책이 없다는 표정이었고, 직무가 다른지라 더 묻기가 여의치 않았다. 하지만 그가 다른 직원들에게 시간을 뺏기고 있다는 걸 어렴풋이 느낄 수 있었다. 그렇지 않고선 다른 행정 직원들이 일찌감치 퇴근할 이유가 없었다.

그는 사람들과 잘 어울리는 성격이었고, 몇몇 직원은 그의 그런 성격을 이용하는 듯했다.

조금 더 유심히 살펴보니, 그는 유난한 과잉 열성 직원이었다. 누가 와서 질문을 하면 하던 일을 놓고 도와줬다. 그러다 보면 한두 시간이 훌쩍 지났는데, 자신은 야근을 하게 되어도 괘념치 않았다.

겉으론 모두들 그를 좋아했다. 당연하다, 누가 좋아하지 않겠는가?

그런데 따로 만나면, 그는 힘들다는 소리를 자주 했다. 당연하다, 누가 힘들지 않겠는가?

사람은 유연해야 하지만, 마지노선은 있어야 한다. 서로서로 도와야 하지만, 자신이 더 바빠져선 안 된다. 사람들과 잘 지내는 건 좋지만, 직장에선 함부로 나서면 안 된다.

일상에선 친구를 사귀기 위해 사람들과 교류하지만, 직장에서의 교류는 친구 사귀기보단 업무 완수나 생계유지 그리고 퇴근 후 휴식 시간이나 가족과 함께할 시간 확보에 더 큰 목적이 있다. 직장에서도 친구를 사귀는 건 좋지만, 업무를 마칠 수 있다는 전제가 붙는다.

곰곰이 따져 보자. 평생 자신에게 쓰는 시간은 많지 않다. 자기 시간도 확보하지 못하면서 누군가를 지키고 보호한다면, 인생을 신경 쓰는 사람이라고 말할 수 없다.

기준이 건강이든 자신이 숨 쉴 공간을 마련하는 것이든, 타인이 함부로 내 시간을 뺏게 해선 안 된다. 거절할 건 거절하고, 기한을 둬야 할 일은 대충 넘어가면 안 된다. 일은 생존을 위한 것이지만, 시간이 곧 생명이다. 생존을 위해 생명과 자신을 버릴 순 없다.

이 세상에서 벌어지는 일들은 어떤 부분에서 랜덤적인 요소의 영향을 받으며, 같은 일이 다시 한 번 일어날 경우 결과는 전혀 다를 수 있다고 한다. 호킹 박사와 함께 공저를 낸 저명한 학자 레너드 모디노 버클리대

물리학 박사의 견해다.

난 고지식해서 이 관점을 믿고 싶지 않지만, 일상에서 은연중에 느끼고 있다. 우리는 일의 방향을 결정할 능력이 별로 없으며, 한 사람의 거취도 결정할 수 없다. 조금 실망스럽게 들린다.

어떻게 해도 아무 쓸모가 없다는 말이 아닌가? 절대 그렇지 않다.

자신이 컨트롤할 수 있는 일에 더 확실히 매진하고, 지금 주위에 있는 사람과 일을 소중히 여겨야 한다.

랜덤으로 돌아가는 세계에서 내 일들을 잘 붙잡아야 한다. 일은 랜덤으로 일어난다지만, 어떻게 마주할 것인가는 스스로 결정한다.

소중히 여길 줄 아는 사람이 되자. 나를 아끼고 내 편도 아끼자. 잃고 나서야 깨닫지 말고, 얻었을 때 아껴야 한다는 사실도 잊지 말자.

우리는 다 똑같다. 잘못된 만남이 있어야 옳은 만남을 분별할 수 있고, 냉대를 당해 봐야 온정을 베푸는 사람이 누군지 깨닫는다.

인생은 생각보다 짧다. 놓친 후에 뭘 잃었는지 깨닫지 말고, 가졌을 때 더 많이 아끼자.

더 나은 인생 세우기 연습

스물하나

우리는 질식감이 심한 시대에 살고 있다.
즐거운 시간을 공유한 것뿐인데
삶을 자랑하는 사람으로 치부되기도 하고,
의견을 표현한 것뿐인데
악의적으로 방해하는 사람으로 몰리기도 한다.

사람과 사람의 거리는,
눈으로 보기엔 '서로'이지만
꼭 마음의 교집합이 존재하는 건 아니다.

나와 함께 웃고 울며
힘들어하는 날 보며 더 힘들어하는 사람을
소중히 아끼자.
본인들도 인생에 당면한 문제가 있지만
먼저 나와 함께 난관을 극복해 주려는 사람들이다.

날 싫어하는 사람들을 고민하는 데 시간을 쓰지 말고,
언제든 날 위해 시간을 내 주는 사람들에게 관심을 갖자.

나와 잘 맞는 사람에게 마음을 다하라

어느 맑은 가을날 오후였다.

온도도 딱 좋고 습도도 적당히 쾌적했다. 카페에 앉아 책을 읽었고, 생각은 창밖에서 오가는 행인들을 따라 움직였다.

창문 하나를 사이에 둔 거리는 햇빛이 비쳐 환했다. 손을 내밀면 만져질 것 같은 입체적인 풍경이었다. 그 많던 짜증도 다 몰수해 버리는, 아무것도 하지 않기에 딱 알맞은 날이었다.

책을 절반가량 읽었는데, 커플로 보이는 일행이 옆 테이블에 앉았다. 남자는 양키스 야구 모자를 썼는데, 잔상 효과 때문인지 팀 로고에 한동안 시선이 갔다.

나도 집에 하나 가지고 있고, 언제든 쓰고 나갈 수 있는 곳에 뒀다. 공통점을 찾기 위해서일까? 타인에게 자기와 비슷한 점이 있으면 쉽게 기억한다. 다시 책에 집중하려는데 두 사람의 대화가 귀에 꽂혔다.

"나 회사 그만두고 싶어. 근데 그 사람 뜻대로 하는 꼴은 보기 싫어."

"회사를 왜 그만둬? 그냥 팀장님한테 가서 얘기해! 네 잘못도 아니고, 그 사람이 너한테 그렇게 해도 된다고 한 건데 사고가 터지니 네 책임으로 돌린 거잖아."

"하지만, 팀장님은 그렇게 생각하지 않으면 어떻게 해? 게다가 사이까지 틀어지면 얼굴 보기 민망하잖아."

"그럼, 지금 그 사람 보는 건 괜찮아? 너 사람이 너무 좋아서 탈이다. 그러다 직장 잃게 생겼어."

"그럼, 어쩌면 좋겠어?"

"그 자리에서 그 사람과 한바탕 했어야지, 여태 이러고 있어? 약한 사람에겐 강하고, 강한 사람에겐 약한 사람들이 있거든. 네가 그 자리에서 짚고 넘어가질 않았으니, 그 사람은 아무 일 없는 척하겠지. 앞으로 더 심하게 나올지도 몰라."

"네가 그런 말 할 처지야? 저번에 혼자 삭히고 지나갔으면서."

"그건 다르지! 나는 그런 사람에게 따지기 싫었던 거고!"

"그럼 난, 그 사람한테 따져야 해 말아야 해?"

누군가에게 불합리한 대우를 당하면, 그에게 따져야 할까? 따지면, 일이 더 복잡해지지 않을까? 그렇다고 따지지 않으면, 억울하지 않을까?

정말 괴로운 문제다. 두 가지 각도에서 생각할 수 있다.

나와 맞지 않는 사람에게 열심 내지 않기

우선, 왜 살면서 맞지 않는 사람을 만나게 될까?

사람은 뜻이 맞는 사람과 함께 지내는 걸 좋아한다. 흥미나 성격이 잘 맞는 사람을 아끼고, 타인에게 자신과 비슷한 부분이 있으면 눈여겨본다. 자신과 잘 맞는 사람을 찾기가 쉽지 않으니, 그럴 만도 하다.

바꿔 말하면, 잘 맞지 않는 사람을 만나지 않는 게 더 이상하다. 모든 사람과 잘 맞는다면, 가는 곳마다 타인에게 맞춰 지낼 가능성이 높다.

그렇기 때문에 영화를 보러 갈 땐 이 사람이 생각나고, 콘서트에 갈 땐 저 사람이 떠오르는 것이다. 운동은 A와 하러 가고, 오후 티타임은 B와 갖는다.

혼자선 재미가 없기 때문에, 관심사를 여러 유형으로 자른 다음 케이크를 나눠 주듯 여러 사람을 초청해 공유한다.

유전자 진화는 생존에 적합한 모델을 끊임없이 찾는 시도지만, 유전자는 아주 단순해서 생존에 부적합한 환경에도 종종 합류한다.

그러면 유전자는 억지로 그 환경에 적응할까? 그렇지 않다. 유전자는 '계속 직진'을 선택해 돌연변이를 시도하거나 새로운 환경을 찾고, 그러다 남겨지는 게 생존에 적합한 유전자다.

이게 바로 인간관계에 필요한 자세가 아닐까? 환경에 적응하기만 하고 타인에게 맞출 걸 자신에게 끊임없이 요구한다면, 그런 관계는 기껏해야 사람들에게 '부화뇌동'하는 관계라고 할 수 있을 것이다.

타인을 따라다녀야 유지할 수 있는 관계다. 진정한 인간관계는 교제를 통해 이뤄져야 한다. 상호간의 교류다. 당연한 듯 한쪽이 다른 한쪽에 맞추는 게 아니다.

우리는 천성적으로 타인의 비위를 맞추려는 성향이 있다. 가장 빨리 그룹에 낄 수 있는 방법이기 때문이다. 그래서 타인의 요구를 나의 필요보다 중요하게 여긴다.

하지만 한도 끝도 없이 타인의 비위를 맞추거나 마지노선 없이 타인을 만족시키는 것으론, 무리하게 관계를 맺을 순 있어도 그 관계는 내 것이 될 수 없으며 오래가지 못한다.

사람은 일생동안 많은 사람을 만난다. 그중엔 나를 진심으로 대하는 사람도 있고 작정하고 나를 겨냥하는 사람도 있다. '오늘은 누구와 지낼까?'를 결정할 순 없지만, 어떤 마음으로 그들을 대할 것인가는 결정할 수 있다. 누구를 배제할 필요도 없고 누구에게 특별히 영합할 필요도 없다. 진짜로 되고 싶은 내가 되는 것에 전념하면 된다.

인생은 딱 한 번뿐이다. 타인에게 보이기 위해 사는 건 너무 큰 사치다. 미움을 사도 진실한 나로 살아야지, 사람들에게 사랑받기 위해 자신을 위장해선 안 된다.

따지는 것과 신경 쓰는 게 모호할 때가 있다. 특히 서로 친한 사이에선 둘이 불분명하다. 어떤 땐 상대가 아무것도 안 하는 게 신경 쓰여 따지고, 어떤 땐 상대가 뭔가를 한 게 신경 쓰여 따진다.

서로 더 이상 따지는 일이 없어지면, 마음에 이미 상대가 없다는 의미로 볼 수도 있다. 따진다는 건, 상대가 내 마음에서 중요한 위치를 차지하고 있고 상대에게 관심이 있기 때문이다.

작정하고 나를 겨냥하는 사람들은, 내가 하는 말과 행동이 전부 문제라고 생각한다. 이런 경우 그들에게 따지지 않는 건, 그들을 무시하고 신경 쓰지 않아서가 아니라 마음을 온화하게 가라앉혀 감정을 씻어냄으로써 마음에 둘 가치조차 없는 고민을 제거하는 것이다.

사회생활 초창기엔 나에 대한 평가에 마음이 쓰였다. 사실과 다른 얘기를 듣거나 공평하지 않은 공격을 받으면, 끝까지 싸우는 게 옳다고 생각했다. 업신여김을 당할 순 없다, 내 노력이 모욕을 당하게 둘 순 없다고 생각했다.

그래서 사람들에게 잘 따졌다. 그게 나라는 존재를 증명하는 방법인 것 같았다. 그런데 만나는 사람이 많아지면서, 따지면 따질수록 더 기세

등등해지는 사람들이 있다는 걸 깨달았다.

인생에서 수강해야 할 과목이 많다. 필수 과목들엔 어쩔 수 없는 부분들이 있고, 선수 과목들은 테스트 결과가 조금 매정한 면이 있긴 해도 시간이 가면 차츰 내가 잘 처리하는 과제가 뭔지 알게 된다. 잘 처리하지 못하는 과제들은 패스해 버리는 법도 배운다.

마음 비우는 법을 배우기도 했고, 너무 많은 현실에 부딪히기도 했다. 어떤 사람에게 어떤 일을 따지지 않으니 사람에 대한 열정이 식은 듯 보일 수도 있지만, 모든 일이 다 온 마음을 쏟아 부을 가치가 있는 건 아니라는 사실을 알게 된 것이다.

성장의 한 과정일 수도 있다. 어느 날 문득, 그동안 걱정했던 일이 그렇게 신경 쓸 필요가 없다는 걸 깨닫는 것이다.

인생이 그렇다. 정말 신경 쓰지 않는다기보다 신경을 더 쓰게 되는 일이 많다. 그래서 신경 쓴다는 게 감정이 아니라 선택이라는 걸 배운다. 신경 쓴다는 건 정신적으로 힘이 많이 드는 일이다.

따라서 그걸 귀중한 창고로 여기고 가치 있는 곳에 선택적으로 써야 한다. 반대로 내게 마음이 없는 사람에게 신경 쓰는 건 감정에 싫어하는 색을 물들이는 태도일 뿐이다.

날 싫어하는 사람을 상대하지 말자. 그들이 하는 말이 아무리 듣기 싫어도 말이다. 그들이 옳아서 따지지 않는 게 아니다.

날 이해하려는 사람에게 시간을 쓰고, 날 아껴 주는 사람에게 진심을 주자. 그들의 부정, 미움, 무시는 잠시 마음에 머무는 감정일 뿐이며, 걱정해야 할 건 아무런 저항 없이 타인의 생각에 갇혀 이후부터 타인의 비위를 맞추기 위해 절대 가면을 벗지 않는 나 자신이다.

호감 가지 않는 사람, 괴로운 일에 따지지 않는 것과 신경을 안 쓰는 건 다르다. 그런 것에 신경 쓸 힘으로 앞으로 나아가며, 그렇게 더럽고 혼탁한 것에 에너지를 허비하지 않는 것이다.

비호감인 사람에게 따져야 하나, 따지지 말아야 하나?

기존의 생각을 종합하면, 내 답은 '따질 필요가 없다'이다. 하지만 상대에게 따질 필요가 없다는 게 아니라, 자기 자신에게 따지지 말라는 것이다.

생각해 보자. 누군가에게 따지면, 어떤 결과가 생길까?

그와 한바탕 싸우고 온종일 기분이 엉망일 것이며, 집에 가서도 분이 가시지 않아 가족들에게 투덜거릴 것이다. 어쩌면 가족들도 하루 동안 쌓인 화를 풀어야 하는데, 내게 선수를 빼앗겼을지도 모른다.

그날은 잠자리에 들 때까지 대화할 기분이 나지 않을 것이다. 가치 없는 사람 때문에 생긴 부정적인 감정이 일상에 전염된 결과다. 그만한 가치가 있는가?

상대와 언쟁을 해야 하나 말아야 하나 잘 몰라서, 마음에 부정적인 감정이 꽉 차 있을 수도 있다. 계속 그 일로 고민하며 하루를 망치고 만다.

행동에 나설 필요가 있을 때

그런데 혹시, 일의 영향을 무시하려는 건 아닌가?

이것이 내가 말하고자 하는 두 번째 각도다. 자신에게 그 일을 따지지 않는 것과 그 일의 심각성을 무시하는 건 다르다.

상대가 내 인생에서 스쳐 가는 과객이라면 상대하지 않아도 된다. 내 귀중한 시간을 그런 곳에 쓸 이유가 없다.

하지만 당분간 얼굴을 보고 지내야 할 사람이라면, 이를테면 업무에서 꼭 그와 얽혀야 한다면, 내 업무 성과에 지장을 주지 않기 위해서라도 약간은 행동에 나설 필요가 있다.

그런데 순서에 유의해야 한다.

먼저 자신의 마음을 잘 처리한 다음 행동에 나서야 한다. 팀장에게 얘기할 수도 있고, 상대에게 시비를 따질 수도 있다.

하지만 부정적인 감정을 안고 행동에 나서는 건 금물이다. 얘기할 부분은 얘기하고 설명할 부분은 설명한 후엔, 얼른 돌아가서 내 일에 충실해야 한다.

부정적인 감정을 안고 일을 거론하면 안 된다는 점을 특히 강조하는 이유가 뭘까?

상사에게 그 일을 알리는 것이지 상사를 도와 그 일을 처리하는 게 아니며, 상사를 도와 그 일을 결정하는 건 더욱 아니기 때문이다.

많은 이가 상사를 찾아가 얘기할 때 '내 편에 서 주실 것'이라는 선입견을 품는다. 그렇지 않으면 상사를 찾아가지 않을 것이다.

하지만 나는 상사가 아니다. 상사가 부하 직원들의 다툼을 대하는 각도는 나와 다르다. 상사의 책임은 자기 밑의 인력 자원을 최대한 조화롭게 활용하는 것이지 옳고 그름을 가르는 게 아니다.

물론 공정함이나 의로움과 거리가 먼 상사를 만날 수도 있다. 이런 경우엔 현재 환경이 내게 맞는 환경이 아니라는 걸 알아야 한다. 유전자와 마찬가지로 계속 직진을 선택해 맡은 일에 충실히 실력을 쌓다 보면, 그 환경을 멀리할 날이 올 것이다.

이성적으로 일을 바라보고 마음을 유연하게 조정해야 한다. 내가 컨트롤할 수 없는 일로 나를 벌하지 말고, 부정적인 생각을 품고 일을 처리하지 말자. 감정이 북받칠 수도 있지만 자신에게 성질내지 말고, 일 때문에 울컥하지도 말자.

날 싫어하는 사람이 날 달리 생각하도록 만들기 위해서가 아니라, 그들과 상관없어질 그날을 위해 노력하는 것이다.

인생에서, 내게 무성의한 사람에게 마음을 낭비하는 것만큼 바보 같은 짓은 없다. 내가 이기더라도 상대는 뒤에서 나 때문에 성가시다고 불평을 늘어놓을 것이고, 내가 지면 무엇을 위해 그렇게 노력했나 하는 회의감이 들 것이다.

직장은 역류하는 강이다. 일에 마음이 없는 사람은 자연히 도태될 것이고, 멈춰 서서 그런 이들과 싸워 봤자 상대를 따라 뒤쪽에서 표류하게 될 뿐이다.

화를 낼 순 있지만, 가치 없는 사람에겐 화내지 말자. 열심히 해야 하지만, 타인의 무성의함에 대처하는 데 열심을 내진 말자.

인생은 길다. 마음이 맞는 사람을 만나면 꽉 잡고, 맞지 않는 사람은 마음 푹 놓고 지나치자.

직장에서든 일상에서든, 시간은 귀중한 생명이다. 책임감 없는 사람에게 따지지 말고, 무성의한 사람에게 너무 애쓰지 말자.

더 나은 인생 세우기 연습

스물둘

타인은 너무 중시하고
자신은 너무 경시해서,
일이 터졌을 때
타인 입장에서만 생각하고
상처는 혼자 다 받고도
내가 뭘 잘못했나 탓할 때가 많다.

호의는
호의를 아는 사람에게 베풀자.
소중함을 모르는 사람은
호의를 베풀면 욕심만 는다.

서로를 천천히 알아 가는 건 아름다운 일

적당한 때 타인의 생각을 추측하는 건, 때론 사람 마음을 잘 이해하는 배려 있는 행동으로 비쳐진다.

내가 마음에 둔 사람이 나에 대해 더 잘 아는 걸 싫어하는 사람은 없을 것이다. 다들, 내가 말하기 전에 내가 원하는 게 뭔지 상대가 먼저 알아 주길 바란다.

남녀 사이에서, 많은 사람이 상대의 서프라이즈를 기대한다. 그건 전 세계에서 두 사람만 아는 달달함이다.

직장에서 상사는, 하나를 들으면 열을 아는 직원을 좋아한다. 핑계 대지 않고 맡은 일을 완수하는 똑똑한 직원을 선호한다.

그런데 사람과 사람의 교류는, 비밀번호만 순서대로 입력하면 연결되는 무선 인터넷과 다르다. 가장 중요한 통로는 실질적인 언어 소통이다. 내면의 생각을 있는 그대로 전달하기 원할 때 양쪽의 마음이 제대로 연결되며, 서로 간에 이해를 바탕으로 상대의 다른 점을 받아들일 수 있다.

무작정 타인이 내 생각을 알아맞혀 주길 바라며, 자신도 모르는 사이에 상대에게 큰 부담을 안길 때가 있다.

"내가 무슨 생각을 하는지 네가 알았으면 좋겠어."

자신의 태도를 분명히 밝히는 것 같으면서도, 타인에게 잘못짚을 기회를 주지 않겠다는 말이다. 두 팔을 쫙 벌려 상대를 받아들인다고 하면서, 그가 조심조심 와이어 위를 걸어오도록 하는 것과 비슷하다.

낯선 사이에서 친한 사이가 될 수 있는 건, 상대가 원하는 걸 잘못짚어 수정할 기회를 얻으면서 상대를 더 이해하게 되기 때문이다.

몇 번 시도해야, 상대의 설탕 반 스푼과 내 설탕 반 스푼의 단맛이 다르다는 걸 알게 된다. 몇 번 말다툼을 해 봐야, 상대가 말하는 "괜찮아"가 진짜 "괜찮아"와 꽤 거리가 있다는 걸 알게 된다. 몇 번 같이 일해 봐야, 상대가 추구하는 업무 기준과 내가 중요시하는 업무의 질이 맞물리는 지점을 찾을 수 있다.

사람과 사람의 관계는 블록을 잘못 빼는 횟수가 많아질수록 쉽게 무너지는 젠가 게임이 되어선 안 된다. 한 조각을 잘못 맞추면 다른 조각으로 다시 시도하면 되고, 시행착오를 통해 완벽한 그림을 완성해 가는 퍼즐이 되어야 한다.

짐작할 수 없는 일은 짐작하지 않기

타인의 마음을 짐작하고 싶다는 건 상대의 생각을 중요하게 생각한다는 것이기, 관계를 소중히 여기는 사람이 보이는 행동이다.

그런데 짐작이라는 루프에 너무 오래 빠지면 안 된다. 타인이 무슨 생각을 하는지 끊임없이 추측한다는 건, 나를 생각하는 시간을 너무 적게 쓴다는 뜻도 되기 때문이다.

모든 일을 타인의 각도에서 출발하고, 어떤 면에서든 타인을 중심에 두며, 타인에 맞춰 나답지 않은 인생을 산다.

이런 생활이 길어지면, 타인이 무슨 말만 하면 속으로 불안해하며 곱씹고 애초에 존재하지도 않는 맛을 음미하려 애쓴다. 이런 상태는 지치고 무너져 어찌해야 할지 모를 때까지 계속된다.

다른 각도에서 생각해 보자. 어떤 관계에서 내가 더 이상 적극적이지 않고 상대의 생각을 걸고넘어지지 않아 다정함을 포기한다면, 오히려 숨통이 트일 것이다.

감정의 농도와 밀도는 당시엔 잘 느껴지지 않지만, 한 발짝 물러나면 또렷하게 보인다. 덕분에 누군가를 확실히 이해했다고 생각할 것까진 없지만, 적어도 그 관계를 이해할 기회는 더 많아진다.

짐작할 수 없는 일을 짐작하지 말자.

사람은 하루에 수만 가지 생각을 한다고 하는데, 하나만 알아맞혀도 대단한 것이다. 오랫동안 '촉'에 의지해 유지하는 관계는 불가능하며, 가능성이 존재할 필요도 없다.

상대가 무슨 생각을 하는지 모를 땐 자꾸 추측해 봐야 생각이 더 나쁜 방향으로 갈 뿐이다. 또 그 사람, 그 일, 그 업무가 중요할수록 추측하는 과정에서 자아를 부정하는 생각이 더 쉽게 생긴다.

'그 사람이 날 싫어하나?'

'저번 일로 아직 화났나?'

'팀장님이 나더러 빨리 그만두라고 하시는 건가?'

'내가 뭘 잘못했나?'

마음속에서 맴돌던 목소리가 차츰 폭풍우로 변하고, 자신을 가두는 담장이 되어, 더 나은 관계로 나아가려는 걸 가로막는다.

어떤 종류의 감정이든, 함께 성장할 수 있는 관계를 추구해야 한다. 일방적으로 상대가 기대하는 쪽으로 옮겨 가는 건 바람직하지 않다.

짐작하기 어려울 땐 입을 열어 물어보는 연습을 하자. 상대에게 거절당할 걸 두려워하지 말고, 불친절한 말을 들을까 걱정하지 말자. 더 좋은 관계를 만들고 싶은 것이므로, 용기 내 한 걸음 내딛자.

좋은 뜻에서 하는 질문이라면 나와 상대, 양쪽의 관계에 긍정적인 도움이 될 것이다.

환상적인 호흡이라는 건, 무수한 소통과 이해를 거쳐 맞춰지는 것이다. 서로에 대한 이해는 추측이 아니라, 서로 상대의 감정을 읽고 생각을 해서하며 목소리를 경청하고 상대가 마음 쓰는 일을 내 마음에 두는 것이다. 오해로 관계를 무너뜨리지 않게 애쓴 정성의 결과이다.

서로를 천천히 알아갈 때, 동행은 가장 아름다운 일이 된다.

더 나은 인생 세우기 연습

스물셋

우리는 가끔,
타인의 기대에 부응하기 위해
즐겁지 않은 삶을 살도록 자신을 강요한다.
그러나 원하지 않는 일을 많이 하면
과중한 부담이 된다.

나를 많이 생각하고,
나에게 잘하자.
짐작되지 않는 일은 짐작하지 말자.
타인의 기대를 충족할 생각만 하지 말자.
계속 기다리다가
내 인생이 희생된다.

우선,
나부터 잘 보살펴야 한다

"제가 원하는 일을 하고 싶은데 최대 장애물이 가족이라면, 그래도 '나답게 살기'를 고집해야 할까요?"

초청 강연에서 한 관객이 물었다.

최근 '나답게 살기'라는 말이 자주 거론된다. 언론 매체에서 '나답게 살기'라는 주제로 진행하는 토론도 심심찮게 보며, 나 역시 상당히 공감하는 소재다. 토론 주제가 된다는 건, 동의하는 사람도 있고 곤혹스러워하는 사람도 있다는 뜻이다.

곤혹스러워 하는 사람들은 '나답게 살기'를 이기적인 각도에서 해석

하고 비판하며, 나답게 산다는 건 책임 회피의 핑계라고 생각한다. 다들 제멋대로 자기 위주로 살면, 사람들이 하기 싫어하는 일들은 누가 책임지고 누가 희생할 건가?

내 생각엔, 타인에게 상처를 줄 의도만 아니라면 모두 나답게 사는 법을 배워야 한다. 이건 책임을 지느냐 아니냐와 상관이 없다. 굳이 상관이 있다고 한다면, 자기 자신에게 제대로 책임을 지는 것이다.

나는 인간관계에 대해 책임권이라는 개념을 가지고 있다. 심리학자 로빈 던바의 사교 이론을 읽고 깨달은 내용이다. 책임권 개념을 설명하려면 세상에 나와 남, 딱 둘밖에 없다는 가정에서 출발해야 한다.

나는 말 그대로 자기 자신, 온전한 자신이다. 남은 나 이외의 사람으로 배우자, 자녀, 부모도 여기에 속하고, 혈연관계가 없는 사람들도 당연히 해당한다. '남'은 여러 명이 있을 수 있지만, '나'는 영원히 딱 하나밖에 없다.

강조하자면, '이외의 사람'이란 적과 나를 구분할 때 습관적으로 사용하는 '외부인'과는 다르다. '이외'는 나를 제외한다는 뜻이다.

책임권은 동심원이다. 동심원엔 중심점이 하나뿐이고, 그 점이 바로 나 자신이다.

점이 밖으로 퍼지며 둥글게 원이 되고, 우리가 한 층 한 층 맺어 가는 인간관계도 이와 같은 모습이다. 중심에 가까운 동그라미일수록 나와의 관계가 친밀하며, 갈등도 커진다.

각각의 층은 영원히 고정적인 관계는 아니며, 인생 단계에 따라 달라진다.

이를테면, 어릴 때 가장 가까운 첫 번째 동그라미는 부모다. 결혼하고 나면 첫 번째 동그라미는 배우자로 바뀌고, 부모는 두 번째 동그라미가 되기도 한다. 나중엔 첫 번째 동그라미가 자녀로 대체될 수도 있다.

전체 생에서 이들은 나를 둘러싸고 있고, 나는 이들에게 포위되어 있다. 보는 각도에 따라 판단하기 나름이다.

이 세상에 나와 남, 딱 둘만 있다. 나는 내 인생의 유일한 중심점이므로 나는 먼저 내 인생을 책임져야 하며, 그 이후에야 남의 인생을 책임질 수 있다.

내게 책임질 의무가 있든 능력이 있든 마찬가지다.

꿈과 현실 사이에서 고민이 될 때

H는 외국계 기업의 중간 관리자다. 몇 년을 걸쳐 서서히 지금의 위치까지 올라왔다. 결혼한 지 10년이 넘었고 두 아이를 키우고 있다. 아내는 대학 시절 동아리 친구의 소개로 만났고, 차츰 안정적인 관계로 발전했다. 졸업 후 군 복무를 마치고 직장에 들어갔다. 첫 회사에서 현재 회사로 옮긴 지 10년이 되어 간다.

현재 급여가 동종업계 다른 직원보다 높긴 하지만, 외국계 회사는 기업 문화 측면에서 보장이 약하다. 이 불확실한 느낌이 내내 그의 곁을 맴돌고 있다. 그는 이직 문제에 대해 아내와 여러 번 상의했지만, 현실에 구애받다 보니 미적미적하다가 의견 일치를 보지 못했다.

표면적으론 이직을 하느냐 마느냐 하는 문제 때문에 공감대에 이르지 못했지만, 표면 밑에 눌려 있는 다른 문제가 있다.

H는 바라는 게 있다, 퇴사 후에 관심사를 업으로 삼아 보고 싶은 것이다. 그는 사진 찍기를 좋아하고, 짬짬이 촬영 기술도 공부했다. 대학 때 둘이 만난 곳도 사진 동아리였다. 일거리만 잘 들어오면 수입이 생길 거고, 적어도 직장에 들어가지 못할 걸 걱정할 필요는 없을 것이다.

평소엔 이 생각 때문에 괴로워 본 적이 별로 없었는데, 현직을 떠난다고 하니 영원히 멈추지 않는 밀물과 썰물처럼 철썩철썩 그를 때렸다.

퇴사하려는 생각을 꼭꼭 잘 숨겼지만, 가끔 기분이 처질 때면 아내와 의논했다.

H가 행복하지 않은 건 아내도 알고 있었다. 아내 역시 남편이 현실에 고개를 숙이는 건 바라지 않지만, 그렇게 큰 위험을 감수하고 싶진 않다. 남편이 사진 찍기를 얼마나 좋아하는지 잘 알기 때문에, 사진 활동에 참여하고 여윳돈으로 기자재를 구입하거나 동호인과 교류하는 걸 지지해 줬다.

하지만 현재 가정 형편상 사진은 취미 생활 수준에 머물러야 한다. 사표를 쓰고 한동안 수입이 없을 공백기를 생각하면, 엄청난 불안감이 엄습한다. 더군다나 창업하고 1년 내내 집에서 일한다니.

내용 면에선 H와 아내의 소통엔 별로 문제가 없지만, 퇴직을 하느냐 마느냐에 있어서 이견이 있고 아직 타협할 수 없는 수준에 이르진 못했다. 그런데 이견이란 건 타협한다고 사라지는 법이 없다. 서랍 뒤에 내려앉은 먼지처럼, 보이진 않지만 늘 쌓여 있다.

그날 밤, 둘은 아주 심하게 싸웠다. H가 포문을 열었다.

"이 일에 흥미를 잃은 지 오래됐다고! 요 몇 년간 내가 억지로 버틴 거 몰라? 이렇게 가다간 내가 병이 날 것 같다고."

"난 희생하지 않은 줄 알아? 난 하고 싶은 일도 없어?"

"당신도 하고 싶은 일 있는 거 알아, 우리 집을 위해 얼마나 수고하는지도 알고. 그러니까 내가 집에서 일하면 아이들과 더 많이 놀아 줄 수 있잖아."

"그건 이상적인 경우지. 성공하지 못하면? 성과가 그저 그러면 포기할 거야? 1년 후 나갔는데 직장을 구하지 못하면? 그 뒷감당은 어찌할지 생각해 봤어?"

그 후의 전개는 많은 이가 곤경에 직면했을 때와 크게 다르지 않다. 많은 '만약'과 많은 문제가 열거됐다.

H의 입장에서 보면, 그는 자신의 꿈을 희생하고 가족에게 계속 안정감을 제공하는 게 맞을까? 그럼 H가 자기 인생에 대해 느끼는 불안정감은 어떻게 해야 하는가?

아내의 입장에서 보면, 그녀는 불안정한 수입으로 인한 불안감을 견디며 어쩔 수 없이 남편 뜻대로 해야 하는가? 그럼 자신이 미래에 거는 기대는 어찌 되는가? 아이들을 지키고 싶은 모성을 억눌러야 하는가?

이러지도 저러지도 못할 문제다. 답을 제시할 수가 없다.

다만, 자기 책임이라는 각도에서 이 문제를 바라보고 싶다.

나답게 사는 건, 회피가 아니라 책임이다

상황을 하나 설정해 보자.

부모가 아이를 데리고 놀이공원에 갔다가 아이스크림 트럭을 지나게 됐다. 아이가 아이스크림을 먹고 싶다고 떼 쓰자 부모는 가격표를 본다. '1스쿱 2,000원, 3스쿱 3,990원', 아예 3스쿱짜리를 사 준다.

아이는 너무 신난 나머지, 아이스크림을 제대로 받기도 전에 입으로 가져가더니 몇 입 먹지도 않았는데 아이스크림이 '툭!' 하고 바닥에 떨어진다. 아이스크림은 곧 발 옆에 흐물흐물 뭉개져 버린다. 아이 손엔 텅 빈 콘 과자만 덜렁 남아 있다.

옆에서 이 과정을 처음부터 끝까지 봤다면, 누가 잘했고 누가 잘못했다고 생각할까? 부모가 아이에게 3스쿱짜리 아이스크림을 사 준 게 잘못인가, 아이가 아이스크림을 조심해서 먹지 않은 게 잘못인가?

나는 둘 다 잘못했다고 생각한다.

부모는 가성비만 따질 게 아니라, 아이가 손에 힘이 없다는 걸 감안해 아이스크림을 꽉 잡고 있을 책임을 아이에게 넘기면 안 됐다. 아이는 3스쿱짜리 아이스크림을 보고 너무 좋아서 잘 잡을 생각은 하지 않고 아이스크림을 먹을 생각만 한 게 잘못이다.

물론 아이는 아직 어려서 자신이 통제할 수 있는 범위가 어디까지인지 모른다. 아이는 학습을 통해 자신이 감당할 수 있는 책임이 어느 정도인지 알게 된다.

그러나 어른들도 사실, 자신이 삶에서 감당할 수 있는 책임 범위가 어디까지인지 잘 모른다. 자기도 모르는 새에 남에게 너무 많은 책임을 넘겨받으며, 그 책임들을 자신이 감당할 수 있는지 혹은 감당하길 원하는지 생각도 하지 않는다.

반대로 우리는 상대가 책임질 수 있는지 불확실한 상황에서도 상대에게 책임을 지라고 요구한다. 가정이란 명목으로, 효도라는 명목으로, 사랑이란 명목으로, 사회에서 남녀가 맡아야 할 역할이라는 명목으로.

인간관계 책임권에서 중요한 부분이 바로 여기다. 남이 나를 어떻게 보는지 통제할 수 없으므로, 내가 얼마만큼의 책임을 감당할 수 있는지 알고, 그만큼의 책임만 감당해야 한다. 자신에 대한 책임도 그렇고, 남에 대한 책임도 마찬가지다.

감정 면에서 독립적인 사람이 되어 보자. 저마다 자신만의 과제가 있다. 독립해야 분리될 수 있고, 분리해야 자신을 책임질 수 있다.

배우자 관계가 좋은 예다. 둘은 자신이 가정을 위해 더 많이 희생한다고 생각하고, 상대가 자신의 희생을 더 많이 알아 주길 기대한다. 하지만 둘 다 자신이 감당해야 할 역할을 인지하고, 독립적인 마인드로 자신의 과제에 맞서며, 남김없이 책임을 감당해야 한다. 그래야 감정적으로 얽힐 일이 없고, 배우자의 노고를 더 고마워하게 된다.

친구 사이도 마찬가지다. 친구로 오래 지내다 보면, 상대가 기대와 다른 행동을 했을 때 자신이 친구로부터 분리되어 친구를 배척하거나 반대할 걸 두려워한다. 친구를 자기에게 익숙하게 편안한 동그라미 안으로 끌어오고 싶어 하지만, 그렇게 팽팽히 맞서다 보면 오히려 서로에게 상처만 준다.

자신의 과제를 독립적으로 처리하면, 함께함으로써 서로의 인생이 더 깊어지고 손을 놓음으로써 인생이 더 넓어진다는 걸 깨닫게 된다.

부모와 자녀 관계도 그렇다. 부모는 아이에게도 독자적으로 결정할 권리가 있다는 걸 존중하고, 아이가 원하는 게 뭔지 또 감당해야 할 책임은 뭔지 스스로 발굴할 여지를 줘야 한다.

아이도 부모가 아이를 걱정하는 본성을 포기할 수 없는 존재라는 걸 존중하고, 부모가 왜 늘 자기 때문에 마음을 졸이는지 부모의 입장에 서서 이해해야 한다.

가정마다 방침이 있고 가치관이 다르므로, 옆에서 간섭할 권한은 없다. 하지만 각자에게 독립된 과제가 있다는 건 똑같이 적용된다.

관건은 관계를 받아들였다면 책임을 져야 한다는 것이다. 자신의 선택이고 인생이기 때문이다. 곁에 신경 써야 할 사람이 얼마나 되든 그들이 우리에게 얼마나 기대하고 우리가 그들에게 얼마나 기대하든, 인생, 행복과 고통, 오늘과 내일은 온전히 자신의 몫이다.

누구도 나를 대신해 책임질 수 없고 책임져서도 안 된다. 어떤 상황에서도 나 자신이 책임권의 유일한 중심점이라는 사실을 이해하면, 남과 나의 책임에 모호한 공간이 생기지 않는다.

내가 원하는 게 뭔가? 내가 감당할 수 있는 책임은 어느 정도인가? 내가 감당하길 남이 기대하는 책임은 뭔가? 꼭 감당해야 하나? 감당하지 않을 이유가 있는가?

반복해 스스로 묻고 답하면서 자신의 책임을 명확히 밝히고 자신의 선택을 분별하게 된다. 또 책임을 져야 할 때 더 이상 희생이라는 부분을 부정적인 시각으로 바라보지 않게 된다. 그렇지 않다면 어쩔 수 없이 책임을 짊어지고 마음에 언제 터질지 모르는 감정 폭탄을 묻은 채 지내다, 어느 날 폭탄이 터지면 뼈도 못 추리는 지경이 될 것이다.

모두가 '나답게' 살아야 할 이유가 여기에 있다. 책임을 회피하는 게 아니라 나를 제대로 인식하는 것이며, 내가 선택한 인생과 내가 보살펴야 할 사람을 끝까지 책임지는 것이다.

여기엔 우선 나를 잘 보살펴야 한다는 전제가 따른다. 그래야 다른 사람을 보살필 능력이 생긴다.

우리는 모든 관계에서 완전한 내가 되어야 하고 독립적인 능력을 가지고 서로의 관계를 대해야 한다.

내가 상대에게 잘해 주는 건 스스로 원해서 하는 일이라는 걸 알아야 하고, 상대가 내게 잘해 준다고 채무감을 느낄 필요는 없다.

서로 자유롭게 서로를 즐겁게 하자.

더 나은 인생 세우기 연습

스물넷

이 세상이
나답게 살기를 허락하지 않을 때가 많아
수시로 가면을 쓰고 마음을 숨겨야 하지만
인생을 살면 살수록 깨닫는다.

내 마음을 알아주는 친구,
나를 신경 쓴 가족에게
기댈 때도 있지만
생의 무게는 스스로 감당하는 것이다.

나다워지는 연습은
바깥세상과 거리를 두는 게 아니라
마음속 한 공간을 비워 내 나를 들여놓고
더 마음에 드는 내 모습으로 사는 법을
배우는 것이다.

모두를
만족시킬 수 없다는 깨달음

그녀는 요리에 흥미가 있다. 우리는 해외에서 신선식품 마트에 갈 때마다 향신료 코너를 한 바퀴 둘러보는데, 대부분은 '케이준'이라는 파우더에 꽂힌다. 케이준은 허브나 후추 같은 단일 원료가 아니라 피망, 양파, 마늘 등 여러 가루를 섞어 다차원적인 맛을 내는 향신료다.

케이준 파우더는 사기 어려운 품목까진 아니지만, 우리가 평소 잘 가는 몇몇 마트에선 판매하지 않는다.

해외에선 가격도 저렴한지라, 여행이 준 기회를 살려 세계 각지의 케이준 파우더를 수집하는 게 해외여행의 낙이 되었다.

한 번은 해외에서 마트에 갔다가 버릇처럼 색깔이 비슷비슷한 여러 향신료 캔 중에서 케이준 파우더를 찾다가, 진열대 전체가 향신료인 구역을 바라보며 문득 호기심이 들었다.

세상엔 대체 몇 가지의 향신료가 있을까?

향신료는 역사가 상당히 오래되긴 했지만, 예전엔 향신료의 종류가 그리 많지 않았을 것이다. 중세 시대엔 몇몇 향신료 제작 기술이 연금술만큼이나 동경의 대상이었다고 한다. 희귀한 향신료는 금만큼 가치가 귀했고, 누구나 먹을 수 있는 게 아니었다.

당시 향신료에 관한 이야기들을 보면, 어떻게 원료를 얻고 배합할 것인가에 그치지 않고 항해를 통한 탐색, 무역 경쟁, 신분 차이, 전쟁과 영토 약탈 등에 관한 에피소드로 가득하다.

모르긴 몰라도, 지금으로부터 수십 년 전 사람들이 먹던 향신료도 지금만큼 많진 않았을 것 같다.

그런데 옛날부터 지금까지, 향신료는 왜 그렇게 인기 품목일까?

향기를 더해 주는 것 외에도, 향신료가 가진 다양성이 음식의 맛을 변화무쌍하게 만들어 주고 미각이 까다로운 다양한 사람을 만족시켜 주기 때문인 것 같다.

사람의 개성과 비슷하다. 세계엔 각양각색의 사람이 존재하고, 나는 모든 사람을 만족시킬 수 없다. 사람은 다양하기 때문이다.

자신이 좋아하는 게 뭔지도 잘 모를 때가 있으니 말이다.

개인의 취향을 깨달아 나가는 즐거움

다양성에 대해선 식품 연구 개발에 정통한 심리학자 하워드 모스코비츠가 잘 알 것이다.

하버드대를 졸업한 모스코비츠는 대중 앞에 잘 나서지 않아 인터넷에서 그에 관한 정보가 많지 않다. 출간한 저서도 큰 관심을 끌지 못했는데, 자신의 회사를 홍보하고자 쓴 내용이다.

그런데 이렇게 조용한 그가 하는 일은 전 세계 식품 산업에 영향을 끼친다. 그는 사람의 미각에 대해 두 가지 관점을 가지고 있다.

첫째, 먹는 것이든 마시는 것이든 하나의 레시피로 모두를 만족시킬 수 없으며 다수도 만족시킬 수 없다. 모스코비츠는 젊은 시절 콜라 회사의 의뢰를 받고 레시피를 조정하며, 어떤 이는 더 단 콜라를 좋아하고 어떤 이는 당도를 낮추길 원한다는 사실을 깨닫는다. 완벽한 콜라는 있을 수 없다고 결론짓는다. 사람이 다양한 만큼 미각도 다양하다.

둘째, 사람의 감각은 범위 값이지 점이 아니다. 모스코비츠는 또 다른 탄산음료 회사의 신제품을 개발하며 입맛에 대한 선호는 사다리꼴로 분포한다는 사실을 깨닫는다.

당도가 증가하면 느낌도 커지지만 명확한 최대치는 없으며, 평균 구간이 있다. 이 구간에서 사람들이 느끼는 입맛은 비슷해서, 당도를 조금 높이거나 낮춰도 뚜렷하게 구분하지 못한다. 결국 회사는 건강에 이롭게 당도를 낮추는 쪽을 택했고 비용도 낮출 수 있었다.

이 두 관점으로 볼 때, 사람은 다양한 존재이며 각자 원하는 게 다르다. 사람은 또 변덕스러워서, 많은 게 좋은지 적은 게 좋은지 잘 모른다. 늘 누군가에게 맞춰 바뀌지 않는 한, 모두를 만족시킬 순 없다.

모스코비츠는 아주 재밌는 경험을 했다. 1980년대 판매한 스파게티 토마토소스는, 현재 마트에서 판매하는 토마토소스와 달리 전통적인 제조법을 추구해 조금 묽지만 자연에 더 가까운 느낌이었다.

당시 한 소스 전문 업체가 시장에서 획기적 반향을 일으킬 새로운 토마토소스를 찾기 위해 모스코비츠에게 연락했다. 그 과정에서 전혀 생각지 못했던 식감을 찾아냈다.

모스코비츠는 수차례의 연구 개발과 시식 조사를 통해 특별한 테스트 그룹을 발견했다. 그 그룹 구성원은 걸쭉한 토마토소스를 매우 선호했지만 시장에서 본 적이 없었다.

모스코비츠는 회사에 걸쭉한 소스를 개발하라고 제안한다. 처음에 회사는 긴가민가했다. 그런 토마토소스를 먹고 싶다는 얘기를 들어 본 적이 없었고 시장에 그런 제품이 출시된 적도 없었기 때문에, 신제품 출시 후 시장에서 웃음거리로 전락하진 않을까 우려했다.

이 토마토소스는 출시하자마자 불티나게 팔렸다. 소비자의 미각을 사로잡는 데 성공했고, 다른 브랜드들도 대열에 합류할 수밖에 없었다.

모스코비츠가 테스트 과정에서 사람들에게 이런 스파게티 소스도 먹을 수 있다는 사실을 '일깨우지' 않았다면, 자신이 걸쭉한 토마토소스를 좋아한다는 사실을 아는 사람이 없었을지도 모른다.

사람은 스스로가 뭘 좋아하는지도 모를 수 있으므로, 나 이외의 타인이 무슨 생각을 하는지 추측하기가 얼마나 어려운지 알 수 있다.

타인이 날 소모하게 하지 마라

사람은 자라면서 여러 사물을 접하며 수백, 수천 가지의 다양성이 만들어진다. 그 때문에 타인의 생각을 크게 신경 쓴다. 타인의 생각을 캐치하려 마음을 너무 많이 쓰며, 그 과정에서 자아를 잃는다.

같은 말도 다양하게 해석할 수 있고, 같은 일을 처리할 때도 다양한 방법이 있으며, 사람이란 존재끼리도 많이 다르다.

나의 노력이 타인에겐 위협으로 보일 수도 있고, 누군가의 호의가 타인에겐 고의로 보일 수도 있다. 우리는 상대가 어떤 각도로 나를 평가하고 판단하는지 도무지 알 수 없다.

따라서, 듣기 싫은 말은 상한 음식과 비슷하다. 신선하지 않은 음식은 삼키지 않으면서, 진실하지 않은 말은 뭐 하러 마음에 새기는가?

타인의 악의를 굳이 포용하라는 건 아니지만, 타인이 날 소모하도록 내버려 둬서도 안 된다.

그는 그가 하고 싶은 말을 하고, 나는 내 방식대로 사는 거다. 나쁜 일은 멀리하는 게 상책이며, 그걸 등지고 계속 직진하는 게 최선이다.

날 싫어하는 사람을 대하는 최고의 방법은, 상대가 날 왜 싫어하는지를 고민하는 게 아니라 더 나은 내가 되어 즐겁게 사는 것이다.

사람은 다양한 존재인 만큼, 타인이 나를 다 이해할 수 없고 나 또한 여러 번 부딪혀야 나를 이해할 수 있다. 타인이 이해하지 못했던 자신의 모습을 이해하는 건, 자신이 잘하고 못하고와는 상관없는 일이다.

향신료를 구매할 때 우리가 물건을 고르는 과정은 아주 비슷하다. 향신료 코너에 갈 때마다 새롭고 신기한 향신료 캔을 하나씩 들고 연구한다. 알고 있는 원재료 영문 표기가 그리 많지 않고, 그보단 안에 든 파우더에서 어떤 맛이 날지 더 궁금하기 때문이다.

하지만 향신료 코너에 머무는 시간이 길어도, 결국 고르는 건 기존에 먹어 본 몇몇 주요 향신료다. 모든 향신료를 다 살 순 없으므로, 원래 좋아하는 맛을 고르는 것이다.

인생도 마찬가지다. 모두를 만족시킬 순 없으므로, 그럴 바엔 원래부터 좋아했던 나다운 내가 되자.

더 나은 인생 세우기 연습

스물다섯

내 감정을 타인의 생각에 짓지 말자.
날 싫어하는 사람 눈 속에
내 버전이 몇 가지나 되는지
알 수 없으므로,
내가 좋아하는 내 모습으로 살아야 한다.

사람의 시간은 유한하다.
싫어하는 사람에게 나를 설명하는 데
시간을 낭비하는 것이,
인생에서 가장 아까운 낭비다.

혼자 있는 시간의 현명한 활용법

이런 생각을 해 본 적이 있다.

언제 어디서든 사람의 진정한 가치를 나타내는 측량기가 있다면 얼마나 좋을까? 타인이 나를 어떻게 생각하는지 추측하지 않고도, 나의 가치를 알 수 있을 텐데 말이다.

이 생각은 일찌감치 깨졌다.

영국 드라마 <블랙 미러>를 보고, 그런 측량기가 존재하면 사람은 자신을 더 부정할 거라는 사실을 깨달았다.

드라마 내용은 이렇다.

과학 기술이 더 발전한 미래에, 사람들에겐 실시간 SNS 신용 평가 등

급이란 게 있다. 휴대 전화로 아무 때나 나와 상대의 점수를 조회할 수 있고, 점수는 나 이외의 사람들이 매긴다.

식당 종업원에게 점수를 줄 수 있고, 상대도 피드백으로 내게 점수를 줄 수 있다.

동료가 나를 유머 감각 있는 사람이라고 생각하면 1점을 주고, 나도 그에 맞춰 답례로 1점을 준다. 내 절친 명단에 인기 있는 사람이 많을수록 나에 대한 타인의 평가도 높아진다.

사람 사이에 한정 짓기 어려운 모든 존재가 공개적이고 투명해지므로, 자신의 가치를 더 이상 의심할 필요가 없다.

그럼에도 사람들은 자신의 가치가 없어질 걸 두려워한다.

주인공이 자기 점수를 '높이려는' 오류에 빠질 걸 예측할 수 있다. 주인공은 일상에서 언제나 미소를 띠고 있고, 보복이 두려운 나머지 타인에게 부정적인 피드백을 주지 못한다. 매일 내면과 외모를 완벽히 꾸미고, 집을 나서기 전엔 반드시 표정을 잘 정리한다. 그녀의 삶의 유일한 목적은 타인의 비위를 열심히 맞추는 것이다.

등골이 오싹했다. 요즘 현실과 맞아떨어지는 부분들이 너무 많았다.

타인의 시선을 의식하고 싶지 않은데, 그렇게 하는 게 왜 어려울까? 사람은 어릴 때부터 그런 환경에서 자라, 자신도 모르는 사이에 타인의 시선을 의식하는 씨앗이 마음에 심어지기 때문이라고 한다.

'너 진짜 귀엽다.'

'공부 잘하네.'

'체육 성적 짱인데.'

'몸매 좋다.'

'수입이 높네.'

'넌 너무 조용해.'

'너 살쪘지?'

'메이크업 좀 배워야겠다.'

'저 사람 옷 진짜 잘 입는다.'

'네가 이러면 내 체면이 뭐가 되니?'

느껴지는가? 어렸을 때부터 듣고 자란 평가들 하나하나가 '결과'를 인정하는 방향으로 인도하고, 시간이 지나면 그 결과로 자신의 존재를 판단하는 것에 익숙해진다. 심지어, 좋은 결과에 이르기 위해 수단을 좇으며 온 힘을 기울인다. 나중에 상처투성이가 될지라도 말이다.

방식을 바꿔 생각해 보자. 중요한 행사에 참석하고자 외출 준비를 하는데, 옷차림을 점검할 거울이 보이지 않는다. 마음이 불안해지지 않는가? 자신의 차림새를 확인해 줄 사람을 찾고 싶지 않은가?

자신의 모습을 정확히 인식하지 못하면 마음의 안정감이 부족해지고, 타인이 나에 대해 하는 말이 거울이 되며, 타인의 입에 오르내리는 나를 진짜 나로 여기게 된다.

우리는 차츰차츰 더 많은 타인이 아무렇게나 던지는 평가를 받아들이고, 허락 없이 내 몸에 붙이는 꼬리표를 점점 더 뿌리칠 수 없게 된다.

사람은 많든 적든 얼마간의 꼬리표를 붙이고 산다. 어떤 건 타인이 붙인 것이고, 어떤 건 스스로 모은 것이다.

인생에서 필히 거치는 과정이기 때문이다.

꼬리표 떼어 내기

심리학자 에릭슨은 자아 정체성 이론으로 유명하다. 인생엔 여러 발전 단계가 있는데, 단계별로 '최초의 자아'에서 시작해 정체성을 찾으며 잔물결처럼 밖으로 퍼져 나가 다음 단계의 자신에게 영향을 미친다는 의견을 제기했다.

그중 사춘기 단계에선, 이곳저곳에서 자신에 대한 타인의 생각을 수집하고 자신이 인정하는 부분을 찾는다. 이 단계에선 특히 두 가지 일에 신경을 쓴다. 타인이 날 어떻게 볼까? 난 대체 누굴까?

마음속 의문의 해답을 찾고자 우리는 밖에서 답을 구한다.

이 단계에서 주위의 누군가가 '예쁜 얼굴'로 인기를 끈다면 '예뻐져야 한다'는 꼬리표를 붙일 것이다. 누군가가 '똑똑해서' 선생님이나 부모의 관심을 받는다면, '모르면 질문하지 말자'는 꼬리표를 붙일 것이다.

자신에게 붙이는 꼬리표는 저마다 다르지만, 모두 인정받을 수 있는 꼬리표를 열심히 모은다.

그런데 그 때문에 타인의 평가를 더 신경 쓰고, 자신에게 더 완벽할 것을 요구하며, 사람들에게 미움받을 걸 더 많이 걱정하는 반면 인정받지 못할 걸 더 두려워하게 된다. 또한 외로움에 대한 두려움도 더 커진다. 사람들에게 별종이라는 말을 들을까 봐 두렵고, 선생님이나 웃어른의 요구를 충족하지 못해 소외당할까 봐 두렵다.

자신도 모르는 사이에 많은 꼬리표가 자신에게 해로운 존재가 되더라도 또 그게 스스로 원한 것이든 아니든, 처음에 그걸 붙였을 때의 마음은 타인의 인정을 바라는 어린아이와 같았을 것이다.

자신이 형편없다고 생각할 필요도 없고, 자신을 책망해서도 안 된다. 그땐 우리를 이끌어 주는 사람이 없었고, 또래들도 자신을 이해하는 데 급급해 사람들 속에서 막막하게 본인 그림자를 찾고 있었기 때문이다.

지금 그런 꼬리표가 남아 있어도 괜찮다. 본인 잘못이 아니다. 그것들을 하나하나 떼어 내는 연습을 하면 된다.

정리 정돈할 때와 마찬가지다. 물건을 공간에 욱여넣으려면, 먼저 하나씩 늘어놓고 필요 없는 것과 남겨도 좋은 걸 살핀다.

몸에 붙은 꼬리표를 떼는 것도 마찬가지다. 먼저 자신에게 어떤 꼬리표가 있는지 살펴야, 떼어 내야 할 게 뭔지 알 수 있다.

꼬리표를 떼는 첫 단계는, 내면이 평온한 상태에서 적나라하게 자신을 인식하는 것이다. 활용할 수 있는 방법은 많다. 책 읽기, 음악 듣기, 또는 편안한 자리를 찾아 멍 때리기 등, 다 좋다. 내가 좋으면 그만이다.

공통점이 하나 있다, 혼자 있는 걸 두려워하지 말 것.

혼자 있는 법 배우기

훗날 차츰 느끼게 될 것이다.

혼자 있는 법을 배우는 건 자신을 중요하게 여기는 방법이며, 고독을 씹을 줄 아는 건 자신을 더 완전하게 하는 방식이다.

홀로 지낼 수 있어야 응하기 싫은 초대를 완곡히 거절할 능력이 생기고, 외로움을 참을 수 있어야 신경 쓸 필요 없는 사람이나 일로 마음을 소모하지 않고 자기 몸의 꼬리표 처리에 전념할 수 있다.

무엇보다, 혼자 있는 것과 외로움은 다른 것이다.

외로움은 혼자인 것과 관련이 없다. 혼자 있는 것과 외로움은 완전히 다른 일이다. 혼자 있는 게 외로워지는 원인이라면, 사람이 많은 곳에 가면 외롭지 않을까? 전혀 그렇지 않다. 군중 속에 있으면 더 외로워지는 경우가 많다.

사람은 인생의 대부분을 혼자 보낸다. 일할 때, 휴대 전화를 볼 때, 잘 때, 독서할 때, 음악을 들을 때.

혼자라고 '외로운' 건 아니다. 오히려 나만의 소중한 시간에 침전해 나와 제대로 이야기를 나누고 나와 진솔하게 대면하며, 마음속 가장 진지한 소리를 듣는다. 종일 쌓였던 나쁜 감정도 떼어 낸다.

외로움이 두렵지 않다고, 친구나 배우자가 필요 없는 건 아니다. 오히려 내게 잘하는 사람들에게 마음을 써야 한다. 그러면 상대가 시간이 없을 때 터무니없는 생각을 하지 않게 된다.

혼자 있는 법을 배우자.

내가 나를 좋아한다는 뜻이고, 사랑받기 위해 사랑하는 일을 하지 않아도 되기 때문이다. 억지로 누군가에게 맞출 필요 없이, 가장 중요한 일만 마음에 담으면 되기 때문이다.

〈블랙 미러〉는 매우 드라마틱하게 결말을 맺는다. 주인공은 나중에 연이어 재수 없는 일을 만나고, 순간 감정이 폭발해 누군가와 싸운다. 상대가 매긴 부정적 평가는 많은 사람의 연쇄 반응을 일으키고, 그녀의 평점은 미친 듯 곤두박질치기 시작한다. 결국 멘붕에 빠진 그녀는 친구 결혼식을 엉망으로 만들고, 감옥에 갇힌다.

주인공은 지난날 열심히 관리한 '인품'이 사라지는 걸 목도한 후, 감옥에 갇힌 타인과 언쟁을 벌인다. 둘은 감점의 압박이 없으니 서로 마음껏 비판하고 잘못을 지적하며, 가장 진실한 마음속 생각을 시원하게 내뱉는다. 주인공이 처음으로 자연스러운 미소를 띠며 드라마가 끝난다.

정말 그럴 수도 있다. 사람은 많은 걸 잃어야, 자신의 단점을 수용할 수 있고 장점도 볼 수 있다.

우리는 공동체에서 생활하기 때문에, 타인의 생각을 신경 쓰는 건 불가피하다. 하지만 자신의 생각을 무시해선 안 된다.

우리는 이 세상에 혼자 왔고, 세상을 떠날 때도 혼자 간다. 중간에 만나는 사람과 일은 내가 좋아하는 나에 더 가까워지게 해 주는 존재가 되어야 한다.

외로움을 두려워할 필요 없다. 외로움을 참을 수 있어야 타인에게 상처받지 않기 때문이다.

홀로 있는 시간은 혼자 즐기는 시간이며, 혼자만의 시간을 갖는 건 '나'라는 퍼즐 조각을 완전하게 맞추는 과정이다.

더 나은 인생 세우기 연습

스물여섯

나 혼자 있는 것도 나쁠 것 없다.
이어폰을 끼고, 좋은 책을 읽고, 따뜻한 차를 마시고
혹은 그냥 멍하니 거리 구경을 해도 좋다.
이 모두가 자신과 제대로 소통하는 시간이다.
어쨌든 내면의 고품질 대화가
타인과의 저품질 수다보다 훨씬 낫다.

외롭다고 타인에게 함부로 기대면 안 되고,
막막하다고 결정권을 타인에게 넘겨서도 안 된다.

안정감은 스스로 만드는 것이다.
마음이 평온하지 않을 땐
어딜 가도 시끄럽게 느껴진다.
사람들 속에서 행복한 척하느니
혼자 즐겁게 지내는 게 낫다.

괴롭히기 좋은 사람이 되진 말자

다툼이 생기면 과도하게 반응하지 말라, 쓸데없이 남의 일에 관여하지 말라, 조금 참으면 다 지나간다는 얘기를 많이 듣는다.

대체로 맞는 말이다.

하지만 전문적으로 괴롭힐 대상을 고르는 사람을 만날 때도 있다. 내가 큰 소리로 얘기하면 그는 소리를 내지 않고, 내가 쭉 침묵하면 그는 더 많은 걸 바란다.

화목한 분위기를 위해 지내기 편한 사람이 되려는 건데, 이런 사람 눈엔 괴롭히기 좋은 대상이 된다.

남을 괴롭히는 사람이라고 다 나쁜 사람은 아니다. 때론 선한 사람인데도 좋은 사람을 괴롭힌다. 가볍게는 타인이 괴롭힘 당하는 걸 모른 척하고, 심하게는 옆에서 덩달아 놀린다.

심리학자는 이런 현상을 '검은 양 효과'라고 부른다. 무고한 검은 양이 곧 도살되는데, 한쪽에서 조용히 구경만 하는 것이다.

이런 이야기를 들은 적이 있다.

샤오쩡은 팀에 새로 들어온 직원이었다. 어느 날 식사 때 선배 A가 고객에게 혼났다며 같은 테이블에 있던 사람들에게 하소연했고, 그 일로 상사에게 찍혀 직장을 잃을까 걱정했다. 옆에 있던 선배 G는 얘기를 다 듣더니 A를 위로하는 투로 말했다.

"걱정 마. 감원을 해도 네 차례까진 안 갈 거야. 막 입사해서 제대로 하는 일이 하나도 없는 사람 못 봤어? 굼뜨고 어리바리해서는, 듣자 하니 학벌은 나쁘지 않던데 학교에서 뭘 배웠는지 모르겠어."

대놓고 말하진 않았지만, 같은 테이블에 있던 사람들은 G가 넌지시 꼬집는 사람이 샤오쩡이란 걸 알았다. 최근 팀에 새로 들어온 직원은 샤오쩡밖에 없었다. 샤오쩡은 앞뒤 재지 않고 G를 노려보며 입에서 나오는 대로 내뱉었다.

"적어도 난 학벌이라도 있죠."

순간 분위기가 싸해졌고, 모두들 재빨리 상황을 수습했다. 식사 시간도 평소보다 일찍 끝났다.

샤오쩡은 입사 초기라 배워야 할 일이 많았지만, 그의 노력은 인정받았고 팀장님도 그를 꽤 칭찬했다.

일이 이렇게 일단락되는 줄 알았고, 샤오쩡도 한동안 G와 뻘쭘하게 지낼 준비를 하고 있었다.

그런데 며칠 후 한 동료가 뛰어와 샤오쩡에게, G가 여기저기 다니며 사람들에게 샤오쩡과 지내기 힘들다고 또 농담도 못 넘기는 사람이라고 얘기하고 다닌다고 알려 줬다.

"G에게 따지지 마, 원래 그런 사람이야."

샤오쩡을 달래려고 한 동료가 한마디 건넸고, 다른 사람들은 눈빛으로 동조하며 얼떨떨한 표정의 샤오쩡의 반응을 기다렸다.

"원래 그런 사람이야"가 위로라고 할 수 있을까? 내가 내게 이 말을 했다면, 마음에 두지 말자는 결심일 것이다. 화가 안 나는 게 아니라 불필요한 사람에게 화내지 않겠다는 것이다.

하지만 누군가가 나더러 들으라고 이런 말을 한다면, 모두를 위해 듣기 좋은 말은 될 수 있지만 내가 더 맞추라는 말밖에 되지 않는다. 나는 이 말뿐 아니라, 그보다 더 많은 억울함을 삼켜 넘겨야 한다.

이 세상엔 나쁜 사람이 많고, 좋은 사람만 괴롭히는 이들은 더 많다. 툭 하면 은근히 비꼬고, 반응이 없으면 자기 말을 받아들인 걸로 생각한다. 갑자기 도와 달라고 부탁할 때도 있다.

처음 도와줄 땐 감동하지만, 이후엔 나의 수고를 습관처럼 여기고 도와주지 못하는 날은 되려 불평을 퍼붓는다. 또는 늘 자기야말로 억울하다고 강조하며, 타인의 협조를 당연하게 생각한다.

능력이 있으면 도움의 손길을 내미는 게 당연하지만, 능력이 있다고 반드시 도움의 손길을 내밀어야 하는 건 아니다. 좋은 사람이 될 순 있지만, 뭐든 다 받아 주는 사람이 되어선 안 된다.

한 사람의 시간은 자신의 것이고, 남을 위해 시간을 내 주는 건 원해서 하는 것이지 의무가 아니다. 비웃음을 당했다고 반드시 반격할 건 아니지만, 적어도 상대가 당연시하게 둬선 안 된다.

내가 내 편을 들지 않으면, 남들도 내 편 들 필요가 없다고 생각하기 쉽다. 사람들에게 잘하는 건 당연하지만 의무는 아니다.

예의는 절대적이 아니라 상대적인 것이다.

타인이 당연시하게 두지 않기

종종 이런 질문을 받는다. 일터에서 큰 반감을 보이며 뒤에서 딴죽을 거는 사람들이 있는데, 어떻게 해야 하나? 이런 종류의 인간관계 문제는 얘기를 하자면 꽤 많지만, 내용은 그리 드라마틱하지 않다. 어떤 문제는 직장이라는 곳에서 일어나는 게 당연하게 여겨질 만큼 평범하다.

업무상 인간관계는 중요하다. 매일 보는 사람들이니, 회사에 있는 동안 민망하게 지낼 순 없는 노릇이다. 위의 질문에 대해 나는, 우호적이지 않은 환경에 있다면 자신의 생각을 적절히 표현하고 능력 있는 사람일수록 아무 일 없을 거라는 점을 기억하라고 대답한다.

현재 환경을 좋아하는지 여부는 일단 제쳐 두고, 처한 환경에서 벗어날 능력이 부족할 땐 행동과 생각이 곳곳에서 구속받는다. 타인에게 좌지우지될 수밖에 없는 상황도 생긴다.

능력이 있을수록 환경에서의 자주적 권리도 높아져, 당분간 마음에 들지 않는 환경에 있더라도 안심하고 나답게 지낼 수 있다.

다른 각도에서 보면, 능력이 있을 땐 일이 나를 선택하는 게 아니라 내가 일을 선택한다.

하늘에서 뚝 떨어지는 성공은 없고, 길에서 주울 수 있는 완벽함은 없다. 안정적인 생활은 노력으로 얻은 생존에서 온다. 이른 기상, 밤샘 작업, 이를 악물고 버티는 나날들은 훗날 선택할 능력을 갖춰 남들 눈치

보지 않고 살기 위해 쌓는 자본이다.

그러므로 불공평한 일을 당할 때, 불평만 하지 말고 또 수동적으로 문제가 사라지길 기다리지만 말고 자신에게 더 많은 기대를 걸자.

어떤 환경에서든 노력의 의미는 삶을 일구는 것에 있지, 삶에 대처하는 데 있지 않다. 그리고 삶을 일구려면 능력을 쌓아야 한다.

많은 경우, 원하는 삶을 선택할 수 없다. 출신 배경이든, 공부든, 일하기 위해서든, 생계를 위해서든 선택권이 얼마 없다.

시간은 나름의 방식으로 흐르고, 눈앞의 삶이 이미 남은 생의 거울인 듯 세월도 똑같은 방식으로 순환한다.

그러나 현재 어떤 슬럼프를 겪고 있고, 얼마나 못된 사람들 때문에 골머리를 앓고 있든지, 환경을 바꿀 수 있는 사람은 없지만 자기 자신은 바꿀 수 있다. 열심히 사는 건 타인에게 존중받기 위해서가 아니라 남의 눈치를 보지 않고 원하는 삶을 살기 위해서다.

삶은 녹록한 법이 없다. 그렇다고 포기하는 방법만 있는 건 아니다. 힘겨운 날들에 삶을 불평할 수 있고 삶에 적응할 수도 있지만, 스스로 삶을 일굴 수 있다는 걸 믿어야 한다.

그 후 기회가 오기 전에 단단히 준비하고, 기회가 오면 과감히 행동하는 것이다. 성과가 나타나기 전까지 꾸준히 버텨 내는 노력들은 번데기를 벗고 나오기 위해 깔리는 복선이다.

가끔 기억 속의 상처가 떠오른다. 난 아직 어려 우리 집이 눈앞에서 산산이 부서지는 걸 바라볼 수밖에 없었다.

지난 일들은 기와 조각 더미에 묻힌다. 새로운 기억은 과거를 덮을 수 없고 되돌릴 수도 없다. 내 능력 밖의 아픔이다.

그래서 나는, 능력을 기르는 건 더 많은 선택의 여지를 갖기 위해서라는 점을 굳게 믿게 되었다.

단순함과 복잡함 사이에서 선택할 때 갈등하지 않아도 되고, 오늘과 내일 사이에서 선택할 때 우여곡절을 덜 겪으며, 불공평함을 느낄 때 논리를 앞세워 논쟁하거나 가볍게 넘길 수도 있다.

따지지 않는 사람이 되는 건, 따지고 싶지 않아서가 아니라 따질 필요가 없어서다. 눈 속에 더 드넓은 하늘이 있으니, 타인에게 뭘 받아 내야겠다는 생각이 들지 않고 눈앞에 있는 사람이나 일에 얽힐 필요 없이 좋은 사람, 괴롭힘 당하지 않는 사람이 될 수 있기 때문이다.

더 나은 인생 세우기 연습

스물일곱

생은 길지 않고 귀하기에,
싫은 사람에게 쓸 필요가 전혀 없다.

인생은 계획하는 것이지,
따지는 게 아니다.
인생은 진보하는 데 써야지,
타인 때문에 지체하는 데 쓰면 안 된다.

사람 마음은 복잡하지만
이치는 단순하다.

그러므로
나의 단순함은
내게 마음 쓰는 이에게 주고
나의 복잡함은
복잡한 사람들에게나 줘 버리자.

5장

앞으로 나아가기에 느린 걸음을 염려한다

: 태도에 대하여

태도가 나아갈 방향을 결정한다.

인생은 딱 한 번뿐이다.
타인의 인정 속에서 후회하기보단
타인의 비판 속에서 노력하자.

내일이 없는 것처럼
매일매일 산다면

고인이 된 스티브 잡스는, 살아생전 스탠퍼드대 졸업식 연설에서 자신이 열일곱 살 때 읽은 글귀를 공유했다.

"만일 당신이 매일을 삶의 마지막 날처럼 산다면, 언젠가 당신은 대부분 옳은 삶을 살았을 것이다."

말을 마치자 강단 아래에서 웃음소리가 터져 나왔다.

그는 이어서 말했다.

"그때부터 내게 물었습니다. 오늘이 내 인생의 마지막 날이라면, 나는 어떻게 살 것인가?"

마음에 매우 와 닿는 말이다. 자세히 들여다보면 비합리적인 부분이 있긴 하지만 말이다. 자신이 얼마 오래 살지 못한다는 걸 알면 사람은 무척 용감해지지만, 그래서 위험 요소를 뒷전으로 팽개쳐 버리기도 한다.

원래 못 했던 일, 심지어 하면 안 되는 일을 묻지도 따지지도 않고 추진한다. 이런 각도에서 보면, '마지막 날을 산다'는 말은 현실과 괴리된다. 나아가 생각해 보자. 사람은 임종 때 감성적이 된다.

"평생 나 보살피느라 고생했어."
"내가 사랑하는 거 알지?"
"앞으로 혼자서도 잘 살겠다고 약속해."

갑자기 주위 사람에게 이런 말을 한다면, 상대가 걱정되지 않고 배기겠는가! 정말로 내일이 없는 듯 살라는 게 아니라, 인생을 대하는 태도를 되돌아 보라는 뜻이 숨겨져 있는 말일 것이다.

인생의 마지막 날이 온다면, 지금 내가 하는 일이 즐거울까? 현재 삶이 마음에 들까? 여전히 타인의 생각이 신경 쓰일까?

영화 〈조 블랙의 사랑〉을 보고 느낀 울림을, 학생 시절부터 지금까지 또렷이 기억하고 있다.

극중 저승사자가 인간의 형상으로 거부 빌 곁에 나타나선, 얼마 후 빌의 생명을 가져가겠다고 알린다.

60세가 넘은 빌은, 처음엔 인간 세상을 떠나고 싶지 않았다. 사업을 계속 확장하고 싶었고, 아직 행복을 찾지 못한 딸들도 마음에 놓이지 않았기 때문이다.

하지만 이야기가 전개되면서 빌은 사업적으로 더 큰 성공을 거두고 사람들을 부릴 더 큰 권력이 생겨도, 자신이 모든 상황을 컨트롤할 수 없으며 자신이 죽을 날짜도 정할 수 없다는 사실을 알게 된다.

빌은 원하는 일이든 원치 않는 일이든 모든 일은 아무 때나 일어날 수 있다는 걸 깨닫는다. 그래서 타인에게 사업을 빼앗기지 않으려 애쓰거나 저승사자의 부름에 저항하지 않고, 정말 신경 써야 할 일에 마음을 쏟는다.

저승사자가 그를 데려가기로 약속한 시간 직전에, 빌은 자신의 생일 파티에서 인사말을 한다.

단상 밑에선 친구, 비즈니스 파트너, 직원 모두가 그를 바라보고 있는데, 조금 후 빌이 이 세상을 떠난다는 사실은 아무도 모른다.

빌은 감성적으로 말한다.

"오늘 이 모든 걸 가진 건 행운이며, 이제 여한이 없습니다. 이번엔 제가 빈 소원을 말씀드리죠. 바로 모두가 저처럼 행복한 인생을 사는 겁니다. 어느 날 아침 눈을 떴을 때 더 바랄 게 없을 정도로요."

빌은 말을 마치고, 사람들이 고개를 들어 화려한 불꽃을 감상하고 있을 때 평온하게 저승사자를 따라 떠난다.

기억하기론, 당시 기숙사에서 이 영화를 봤는데 영화가 끝나자 감정이 복받쳐 가슴이 뜨거워지면서 마음이 이상하리만치 벅찼다.

인생 마지막 순간에 여한이 없다고 말할 수 있다면 가치 있는 인생이 아닐까?

여한 없이 죽는 것, 인생의 저녁놀이 사라지기 전에 그 순간을 갖고 싶다. 이런 생각을 하기엔 너무 이를지도 모르지만, 살아 있을 때 어떤 모습으로 시간을 채워야 마지막에 그런 순간을 가질 수 있을까라는 고민을 하게 된다.

죽음을 어떻게 대해야 할까

산다는 것의 의미를 이해하려면, 죽음이라는 문제를 건드릴 수밖에 없다. '인간은 죽음을 향한 존재', 독일 철학자 하이데거가 제시한 개념이다. 사람은 죽음에 무한히 가까워질 때 비로소 생존 의미를 깨닫는다.

이 문제에 관해 비슷한 논의들이 많지만, 《내가 원하는 삶을 살았더라면》의 작가 브로니 웨어가 공유한 내용은 지금까지도 기억에 생생하다.

브로니는 호스피스 간병인으로 일했었고, 돌봄 대상은 이미 인생의 결승선에 다다른 사람들이었다. 임종이 가까운 이들은 남들보다 더 죽음에 가까이 있으므로, 일생이라는 걸 따져 볼 자격이 충분하다.

그녀는 평소 임종을 맞은 이들이 인생을 대하는 지혜를 접할 기회가 많았고, 덕분에 임종 전의 사람들이 젊은 시절 원하는 인생을 용감하게 살지 못한 것에 아쉬움을 느낀다는 걸 인지했다.

정말 그럴지도 모른다. 우리는 시간을 년 단위로 계산하는 것에 익숙하다. 1년이 시작되고 1년이 또 가도, 표를 작성할 때 나이 한 살 더 늘리는 것 말곤 아무것도 변하는 게 없는 것 같다.

죽음이 가까이 왔을 때야 시간을 민감하게 월이나 일로 계산한다. 죽음의 확정으로 인생의 리듬에 갑자기 속도가 붙지만, 하지 않은 많은 일과 아끼지 못한 많은 사람 때문에 후회도 시작된다.

학생 땐 스무 살이 멀게만 느껴지지만 어느 날 문득 30대 문턱을 훌쩍 넘어선 자신을 발견하고, 그 많던 시간을 다 어디로 썼는지 울적해지는 것과 비슷하다. 시간은 소리는 없지만 힘은 엄청 세서, 사람을 가기 싫지만 꼭 가야 하는 곳으로 끌고 간다.

죽을 때 가서야 조급하게 살면 안 된다고, 때때로 자신을 일깨워야 한다. 사람은 죽음을 잊고 살다가 죽음이 인식되는 순간이 되어서야, 그동안 잘살았는지 아닌지를 생각한다.

인생엔 출생과 죽음, 두 가지 일밖에 없다. 출생의 통제권은 자신에게 없다. 가정 형편을 선택할 수 있는 사람은 아무도 없다. 두 손 두 발이 의자에 묶인 채 의문 투성이인 전방으로 끌려가는 듯한 서글픈 일이다.

중요한 건 죽음이다. 출생은 한순간의 일이지만 죽음은 한평생의 일이고, 평생 죽음을 대면하고 있다. 죽음을 어떻게 대할 것인가에 따라 어떻게 살 것인가가 결정된다.

생명은 다시 올 수 없는 소모의 연속이다. 누구와 지내고 누구를 위해 화를 내는지, 무엇을 추구하고 무엇을 놓치는지를 시간이 나 대신 매정하게 적어 둔다. 시간은 한시도 펜을 놓지 않고, 자신을 중요하게 여기지 않는 게 세상에서 가장 멍청한 짓이라는 걸 알려 준다.

분위기가 조금 가라앉는 이야기지만, 인생은 자신을 소홀히 하라고 허락해 준 적이 없다.

이해가 되었다면, 싫은 사람에게 시간을 허비하지 말고 바뀔 수 없는 과거에 자신을 묶어 두지 말자.

더 중요한 일에 인생을 맡기고, 인생에 다음은 없다는 걸 잊지 말자.

인생엔 딱 두 가지 일밖에 없다. 출생은 결정할 수 없으니, 나를 위해 충실하게 살아야 한다.

죽음이라는 존재도 누군가에겐 의미가 크다. 죽음이 기다리고 있지 않으면, 시간은 아무렇게나 휘둘러도 되는 가치 없는 게 될 것이다.

마무리를 진지하게 대해야, 시작의 중요성을 진지하게 대할 수 있다. 종점이 있기에 앞으로 나가는 과정에 방향이 생긴다. 죽음은 피할 수 없는 일이라는 걸 알기에 원하는 인생을 추구할 동력이 생긴다.

내일이 없는 것 같은 하루하루

어떻게 하면 여한이 없을 수 있을까?

어느 날 이 문제를 생각하며 써 놓은 문장이 있다.

'아쉬움을 위해 아쉬워하지 말자.'

첫 번째 '아쉬움'은 명사로, 과거에 일어난 일을 의미한다. 두 번째 아쉬움은 동사로, 어떤 일 때문에 후회한다는 뜻이다.

하는 일마다 잘 풀리는 인생은 없다. 우리는 완벽한 사람이 아니기에, 놓치는 사람도 놓치는 일도 있을 것이고 꼭 잡아야 했던 기회를 제대로 잡지 못하는 경우도 있다.

원하는 인생을 추구하기란 쉽지 않다. 기존의 좋은 걸 잃을까 봐 걱정하다가 불확실한 나쁜 것만 얻을 수도 있다.

두렵고 겁나며, 남의 시선이 마음에 걸릴 것이다. 또 많은 사람을 지나치지만 나와 동행하는 사람은 얼마 없다.

그런데, 아름다운 일들은 미처 다다르지 못한 곳에서 일어난다. 편안한 생활권을 벗어나기란 매우 어렵지만, 더 편안한 시간을 보내기 위해 감수해야 할 불편함이다.

내가 되고 싶은 사람이 되려면 두려운 일에 나서야 하며, 변화를 포용해야 더 좋은 일이 생긴다.

놓친 게 있어도 자기 잘못을 계속 추궁하지 말고, 어떻게 나아갈지 배우며 경험을 흡수해 성장하자. 과거의 일로 후회하지 말자.

그때 다른 선택을 했다 한들, 일이 더 잘됐을 거란 보장은 없다.

인생엔 자기 페이스가 있다. 우리는 종종 가장 두려운 방식으로 꼭 전개되지도 않을 시나리오를 쓴다. 인생의 관성이다.

주변 상황의 중요성은 쉽게 간과해 마음에 두지 않으면서, 가질 수 없는 것엔 지나치게 신경 쓰며 마음 공간을 내 준다. 잃을까 봐 두려워 가지고 있는 사람과 일을 소홀히 하는 것, 이런 게 진짜 아쉬움이다.

누군가가 이런 말을 했다.

"여행은 집에 가는 길을 찾기 위한 것이다."

잃으면 가지고 있던 게 보인다. 다음엔 돌아가라는 걸 알려 주기 위해 넘어지는 것이고, 앞으론 사람 잘 보라는 걸 깨닫게 하려고 마음 쿡쿡 쑤시는 연애를 겪는 것이다.

어제는 이미 지나갔고, 내일이 올 준비를 하고 있다.

난 내 생각만큼 형편없지 않고, 앞으로도 생각보다 훨씬 좋아질 것이다. 넘길 수 없는 일은 시간에 맡기고, 이미 지난 일도 시간에 맡기자. 지나침은 아쉬움이 될 수 있지만, 선물도 될 수 있다.

받아들이기 나름이다.

틈을 내서 〈조 블랙의 사랑〉을 다시 한 번 보고 싶은데, 요즘엔 봤던 영화를 다시 보는 일이 거의 없어졌다.

바쁜 일상에 시간이 침식당해, 영화 채널에서 방영하는 걸 우연히 보게 될 날을 기다려야 할 것 같다.

옛날 영화를 보면 미묘한 느낌이 든다. 스토리나 대사를 대부분 알고 있는데도, 특정 장면이 나오길 기다리며 기억 속 가장 또렷한 플롯을 기대한다.

스토리가 너무 훌륭해서 그런 건지, 당시 어떤 감정에 마음이 폭 빠져서 그런 건지는 확실하지 않다.

기숙사에서 영화를 본 후, 그저 순간적인 마음의 출렁임이라 여겼던 전율은 나의 인생 가치관에 영향을 줬다.

내가 원하는 모습으로 살기 위해 노력하게 되었고, 인생의 마지막에 내가 나와 어떤 대화를 나누게 될까 기대하게 되었다.

갑자기 내가 행복한 사람이란 생각이 든다.

내 인생이란 영화는 아직 끝나지 않았고 언제 중단될지 알 수도 없으므로, 시간을 아껴 계속 열심히 생의 시나리오를 쓸 것이며 내일이 없는 것처럼 하루하루를 열심히 그려갈 것이다.

더 나은 인생 세우기 연습

스물여덟

때때로 생은 누군가를 떠나보냄으로써
소중히 살아 내야 할 걸 일깨운다.
때때로 현실은 지난날의 실패를 통해
전념해 노력해야 할 방향을 알려 준다.

인생에선 뜻대로 안 되는 때가 있기 마련이다.

울고 싶으면 울자.
혼자 있고 싶으면
적당한 곳을 찾아 조용히 있자.
다들 그렇게 성장한다.
걸으며 넘어지고, 넘어지며 강해진다.

지금 어떤 어려움에 처해 있든
자신에게 이렇게 말해 보자.

난 생각보다 훨씬 씩씩해.
내 마음은 생각보다 훨씬 강해질 수 있어.

최선의 실수는 쓸모없는 실패가 아니다

나는 아주 순진한 생각을 품고 있다. 사람이 평생 실수할 수 있는 횟수에 한계가 있을 거라는 생각. 어렸을 땐 범할 수 있는 실수가 많지만, 경험이 늘면서 실수하는 횟수는 줄어들고 일을 제대로 하는 기회는 많아진다. 다른 각도에서 보면, 시간이 흐르면서 전반부에 저지른 실수 덕분에 후반부 길을 가기가 더 순조로워진다.

그런데 여기에서 실수란, 작정하고 일을 망치는 상황을 뜻하는 건 아니다. 실수를 범하지 않을 수 있다면 인생의 바람이 이뤄질 것이고, 폭풍우가 잠잠해지면 종점에 도달할 테니, 기뻐할 일이다.

어린 시절 자전거 타는 법을 배우는 경험부터 학창 시절 마음에 드는 여학생에게 건넨 첫 마디, 그리고 직장에 들어가 사람들 앞에서 브리핑을 하거나 고객 상대 실적까지, 누구든지 실수할 수 있다는 걸 잘 안다.

인생에서 순풍에 돛 단 듯, 목표에 도달하는 상황을 만날 순 있지만 바랄 순 없다. 실수하기에 배우는 게 있고, 이후 성장의 디딤돌로 삼아 인생의 두께를 끊임없이 쌓아간다. 실수를 피하려고만 하면, 자기도 모르는 사이에 더 많은 실수를 저지를 수도 있다.

언론의 압박에서 오는 염려 때문인지, 우리 사회는 실수를 혐오하는 것 같다. 실수하면 타인을 번거롭게 만들고 효율이 반감되며 시간이 낭비되기 때문이다

실수는 시험에서 감점을 당하는 것과 같다. 실수하면 체면을 구기고 비웃음을 산다. 그러다 보니 일을 잘못하는 걸 쓸모없는 사람과 동일시하기 시작했다.

그래서 제때 자기 의견을 표현하지 못하고, 기회가 있어도 적극적으로 손을 들지 못하며, 타인이 의심하면 스스로를 믿으려 하지 않고, 비웃음을 당하면 계속 직진하길 꺼린다.

곰곰이 생각해 보면, 실수는 실패가 아니다. 진정한 실패는 포기해선 안 되는 일을 포기하는 것이다. 최선을 다했는데도 실수를 하고, 그래도 계속 노력하고 싶다면 그건 쓸모없는 실패가 아니라 강인함이다. 특히 의미 있는 실패라면, 이후 의미 있는 발전을 이룰 수 있다.

실수에 얽매이지 않길

성장이라는 길을 걸으며, 우리는 아등바등 힘든 과정을 겪어야 한다.

자신에게 그렇게 가혹해야 하는지, 그렇게까지 버틸 필요가 있는지, 실패의 결과를 감당할 능력이 있는지, 미래를 생각해야 하는 건 아닌지 고민하며 편치 않은 현재를 버텨 나가는 쪽을 택한다. 감당하기 힘든 고민들이라 피할 수 있다면 다들 피할 것이다.

해 주고 싶은 말이 있다. 꿈을 이루는 사람들은 이 악물고 버티는 사람들이다. 과감히 일을 추진하는 사람도 당연히 실패를 두려워하지만, 일을 추진하지 않아 실패하는 쪽을 더 두려워한다.

실패했다는 건 적어도 행동으로 옮겼다는 뜻이며, 실패할 자신이 없다는 건 행동하지 않았다는 뜻이다. 다들 그렇다. 꿈꾸는 사람은 마음이 움직이고, 일하는 사람은 행동한다.

어릴 때 저지르는 실수는 나이 들어 하는 실수보다 비용이 낮다. 아무리 훌륭한 사람도 잘못된 실수를 하며, 필요한 대가를 치른다. 그렇다고 상처를 받아 봐야 아름다운 미래를 맞이할 기회가 있다는 뜻은 아니지만, 적어도 치유된 상처가 올바른 방향을 알려 줄 것이다.

실수 때문에 회의감이 든 적이 있거나 현재 상황이 실망스럽다면, 걸어온 길을 돌아보자. 생각보다 훨씬 많이 진보한 자신을 발견할 것이다.

우리는 실수를 하지 않으려고 너무 고심할 때가 많다.

다시 넘어질 자신이 없어서 갈 수 있는 길을 제한하고, 원래 갈 수 있었던 곳을 지나친다. 실수를 두려워하지 말고 열심히 추진하자.

실수를 좀 해서 문제가 생긴다고 큰일이 나진 않는다. 단언컨대, 실수에 소심한 게 가장 큰 잘못이다. 이번에 실수했다는 건, 다음에 일을 제대로 할 기회를 얻었다는 뜻이기도 하다. 실패를 사랑할 필요는 없지만, 실패를 따라잡고 추월해 자신을 뛰어넘어야 한다.

교체는 인생의 한 부분이다. 구멍을 파야 새 씨앗을 심을 기회가 생긴다. 사람 마음엔 앞으로 나갈 힘이 존재한다.

일시적인 실수에 얽매이지 말고 계속 노력해 세월을 채우면, 시간이 더 나은 곳으로 데려가 준다.

사람이 일생 동안 실수하는 횟수는 제한적이다. 벽에 부딪혀 넘어진 뒤 반성하고 일어나면, 점점 더 지혜로워지고 더 성숙한 선택을 하게 된다. 결국 진심으로 좋아하는 길을 가게 될 것이다.

인생의 어느 시점에 생기는 균열은 감정의 흐름 속에 점점 봉합되고, 감정이 분출되면서 초조함도 말끔히 씻길 것이다.

지나친 것 때문에 후회하지 말고, 만남을 기대하자. 자신에게 이렇게 말할 수 있다면, 더 큰 자신감을 가지고 새로운 도전에 임할 수 있을 것이며 현재의 용기 덕분에 훗날 뿌듯한 나를 만날 것이다.

더 나은 인생 세우기 연습

스물아홉

변화가 어려운 건
과거의 실패를 미래의 결과로 보기 때문이다.

포기가 아픈 건
과거에 있었던 일이
앞으로도 계속 엉겨 붙을 거라 생각해서다.

사람은 모두 실수를 한다.
일을 잘못할 수도 있고 사람을 잘못 볼 수도 있다.
하지만 실수를 나쁜 일로 볼 필요는 없다.
그 뒤에 배울 기회가 숨어 있기 때문이다.

우리는 다 똑같다.
공부를 해야
더 좋은 일, 더 좋은 사람을
접할 기회가 생긴다.
안 좋은 일은 먼저 지나가게 하고
좋은 일이 천천히 들어오게 하는 법을 공부하자.

내가 좋아하는 삶의 방식에 대하여

어디에서 본 형용 방법인진 잊었는데, 너무나 생생해 노트에 적어 놨다. 벽에 걸린 시계가 한 바퀴 돌면 열두 시간이 지나듯, 일생의 시시각각은 인생의 여러 단계를 의미한다.

인생을 80세로 본다면, 25세는 아침 7시 반이다. 많은 이가 이제 막 잠에서 깨는 시간이다.

30세는 오전 9시다. 하루의 일과와 시련이 막 시작되는 시간이다.

40세는 낮 12시다. 휴식이 끝나고 인생 후반을 준비할 시간이다.

50세는 오후 3시고, 60세는 저녁 6시다.

시계로 비유하면 인생은 '두 바퀴'로 끝난다. 엉겁결에 시간이 쏜살같이 가는 것이다. 하지만 지금이 몇 시 몇 분인지에 집중하면, 또 생각만큼 빨리 지나가는 것 같지 않다.

20대의 아침은 하루 중 막 깨어나는 시간이고, 30대의 오전은 하루의 계획을 실행에 옮길 준비를 하는 시간이다. 40대의 정오가 되어서야 성과 체크를 시작하거나, 오전에 끝내지 못한 일을 보충한다. 50대의 오후는 퇴근하기 위해 막판 스퍼트를 올리는 시간이다.

이렇게 생각하니 시간의 압박감이 그리 심하지 않은 것 같다.

시간과 나이를 한데 엮어 생각하면 확실히 스트레스가 커진다. 요즘 언론의 대대적 홍보 속에 '왕훙'이란 단어가 눈길을 끌고 있다. 인터넷 스타 내지 인플루언서를 이르는 말이다.

관객에게 더 큰 공감을 주고 싶어 하는 주최 측의 바람 때문에, 행사에 참석할 때 나 역시 이 호칭으로 불릴 때가 많다. 왕훙으로 불리는 걸 꺼리진 않지만, 도무지 적응이 안 된다.

내가 만나 본 왕훙들은 대부분 서른도 안 된 친구들이었고, 20세의 왕훙을 만난다 해도 이상할 게 없기 때문이다. 왕훙 시대에 태어나지 않은 나는 상대적으로 나이가 좀 많다.

요즘 내 정체성에 미묘한 부분이 있다. 왕훙이라기엔 나이가 많고, 작가라고 보기엔 네 번째 저서를 출판하고 나서야 누군가가 날 작가라고 부르는 걸 받아들일 자신이 생겼다.

그전까지 작가는 전심전력해 글쓰기에 몰입하는 사람, 문학 예술의 전승자, 상당히 숭고한 지위를 가진 존재라고 생각했다.

나는 아직도 정진해야 할 부분이 많다.

나이의 많고 적음은 늘 상대적인 개념이지만, 세속적 의미의 성공 규칙을 박으면 '마땅히'들이 마구 쏟아져 나온다. 마땅히 몇 살엔 결혼해야 하고, 마땅히 몇 살 전까진 자녀가 있어야 하고, 근무를 오래하면 마땅히 승진해야 하고, 수입은 마땅히 얼마여야 하고, 시험에선 마땅히 몇 점을 받아야 하고.

이런 '마땅히'들은 먹물을 묻히지 않은 강철 스탬프처럼 폭력적으로 몸을 짓누른다. 뚜렷한 글자는 없지만 꾹꾹 깊은 흔적을 남긴다. 어떤 부문에서 특정 시기에 특정한 일을 반드시 마쳐야 한다고 제한하면, 마음이 초조해져 인생의 많은 가능성을 놓쳐 버린다.

여러 행사에서 '어떤 일을, 해야 하나 말아야 하나'라는 식의 질문을 종종 받는다. 이 문제 뒤엔 많은 사람이 미래에 대해 느끼는 불안한 막막함과 지나치게 자신을 소홀히 하며 남을 위해 살아야 하는 어이없음이 숨어 있다.

불안감이 엄습하면, 사람은 자신을 안심시킬 해답을 찾기에 급급하다. 이런 땐 여러 사람의 방법을 참고해 실행하는 게 안심할 수 있는 옵션처럼 보인다.

대학 시절 리포트를 작성하던 때가 생각난다. 리포트 제출일이 다가오면, 두 부류로 나뉜다.

하나는 일찍부터 자료 수집을 시작하는 성실파고, 다른 하나는 친구가 거의 다 쓴 리포트를 빌려 참고하는 즉흥파다.

이득을 얻는 건 성실하게 리포트를 작성하는 사람일 것이다. 반드시 높은 점수를 받는 건 아니지만, 자료를 직접 수집하고 정리하면서 서서히 독보적인 문제의식을 갖게 될 것이고 친구의 리포트를 참고한 사람보다 이해도가 훨씬 높을 것이다.

직접 작성한 리포트가 남의 것을 참고해 간접적으로 작성한 리포트보다 자신의 생각에 가깝듯, '어떤 일을 해야 하나 말아야 하나'라는 질문의 오류를 타파하려면 타인의 인생 리포트를 빌려 내 리포트를 쓰거나 남의 인생을 빌려 내 선택을 결정하면 안 된다. 직접 해 보고 나만의 경험을 얻어야 한다.

간접적인 인생은 내 마음에 드는 인생이 될 수 없다. 타인의 방식으로 살면 내가 원하는 삶을 잊게 된다. 사람은 유일무이한 존재고 인생은 컴퓨터로 작성하는 리포트가 아닌 만큼, 복사해서 붙여넣기로 똑같은 결과를 얻을 순 없다.

여행 중 얻는 깨달음과 비슷하다. 사진을 아무리 잘 찍고 해상도를 높여도, 직접 가서 봐야 머릿속에서 풍경이 입체적으로 떠오른다.

나만의 이야기를 쓰기 위해 떠나라

일본 홋카이도에 가기 전까지, 난 눈에 대한 개념이 없었다. 텔레비전에서 설경을 보면 온통 새하얗구나 하는 느낌뿐이었고, 너무 추울 거라 생각했다. 왜 눈이 사각사각, 퐁퐁 내린다고 하는 건지 알 수 없었다.

그날 실제로 눈밭을 밟아 보고 나서야 발이 푹 들어가는 감각을 느낄 수 있었고, 눈이 퐁퐁 외투에 내려앉는 소리가 귀에 들렸다.

이후론, 텔레비전에서 설경이 나오고 눈 밟는 소리가 들리면 당시의 느낌이 떠오르고 추위도 느껴지는 것 같다.

그 밖에도 런던의 거리, 맨해튼의 고층 빌딩, 파리의 거리 풍경 등 영화에서 자주 등장하는 장면들은 직접 다녀오고 나니 머릿속에 선명한 색채로 남아 있다.

모든 이야기가 잘 읽힌다. 하지만 그건 타인의 이야기다. 나의 이야기를 쓰기 위해 떠나야 한다. 나만의 이야기가 생겨야 타인의 이야기에 더 많이 공감하게 되고, 내 마음에 드는 삶을 계획해야 고된 노력의 가치를 알게 된다.

물론 결혼을 해야 할지 망설여지는 경우, 대충 아무나 만나 결혼하고 안 맞으면 이혼하라는 얘기는 아니다. 직장을 그만둬야 할지 고민될 경우, 일단 그만둔 후 새 직장에 들어가고 마음에 안 들면 다시 직장을 바꾸라는 말도 아니다.

실제로 직접 가 보라는 건, 자신이 사회화된 '표준'들을 받아들일 수 있는지 확인해 보라는 것이다. 다급해서 좋아하지도 않는 생활을 받아들이고 그게 원하는 인생이라며 본인을 설득할 게 아니라, 아직 잘 모르는 이치를 깨달아야 한다.

사각형을 원형 거푸집에 집어넣으려면, 네 모서리각을 가는 것부터 시작해야 한다. 갈다 보면 언젠가는 원에 가까워질 것이고, 힘껏 돌리며 집어넣으면 된다.

생각해 보면, 멀쩡한 사각형을 뭐 하러 원형으로 바꾸는가? 사각형은 사각형대로 원형은 원형대로, 각기 고유의 모양이 있는데 말이다.

하지만 쉽지 않다. 이 세상에서 가장 어려운 일 중 하나가, 주위 사람과 다른 일을 하는 것이다. 그렇기 때문에 끊임없이 고민하며 자신과 대화해야 한다. 타인에게 떠밀려 '마땅히' 어떤 일을 하는 게 아니라, 왜 그 일을 하려는지 알아야 한다.

현실 세계는 자동으로 돌아가는 컨베이어 벨트와 비슷하다. 똑같은 곳으로 가서 똑같은 일을 하고 똑같은 길로 가라며 끊임없이 강요한다. 어떤 역에 도착해 어떤 사람이 되어야 할 것처럼 말이다. 가끔 마음은 다른 방향을 가리키지만, 이런 환경에서 느끼는 무력함 때문에 막막해지고 결국 순환하는 벨트에 몸을 맡긴다.

그러나 간단하게 이뤄지는 진전은 없고, 주워 걸리는 성과도 없다. 원하는 삶을 사는 사람들에게도 자신조차 의심했던 날들이 있었다.

당연히 실패하면 잃는 게 있다. 하지만 행동하지 않으면 잃는 게 더 많아진다. 인생은 단 한 번뿐이다. 타인에게 변명만 하면서, 타인의 기대만 만족시키면서 살아선 안 된다. 딱 한 번뿐이므로, 타인의 비판을 받으며 노력할지언정 타인의 인정을 받으며 후회하지 말자.

나만의 페이스, 나만의 스텝

지금의 인생이 마음에 들지 않더라도 절대 자신에게 실망하지 말자.

이토록 시끄러운 세상에서 남들이 뭘 가졌는지, 남들이 뭘 떠들어 대고 있는지, 남들이 나의 어떤 면을 싫어하는지 신경 쓰지 않기란 거의 불가능하다.

하지만 인생은 궁극적으로 나의 것이다. 요란한 소리가 아무리 많아도 내 가슴에서 뛰는 심장으로 돌아가야 한다. 내가 누구인지 확실히 아는 게 타인에게 나를 이해시키는 것보다 중요하고, 스스로 원하는 사람이 되는 게 타인이 내게 원하는 일을 이루는 것보다 중요하다.

각자 자기만의 페이스가 있고 자기만의 스텝이 있다. 남들이 춤추는 모습이 아무리 아름다워도 혹은 아무리 별로여도, 그건 그 사람의 무대다. 내 스텝과는 상관없다.

내 마음에 드는 인생을 가질 수 있다면 행운이다. 그런데 행운은 모두가 가지는 게 아니다. 그러므로 자신에게 얘기해야 한다. 인생은 내가 사랑하는 걸 꼭 선택해 주진 않지만, 내가 선택한 건 꼭 사랑해 준다고.

삶을 위해 타협해야 하는 경우가 많다. 좋아하지 않는 사람에게 대응해야 하고, 즐겁지 않은 일을 감당해야 하며, 불공평한 요구를 받아들여야 한다. 선택에서 가장 어려운 점은, 선택을 하지 않는 게 아니라 선택할 의욕이 없고 무력감에 마비되어 선택하길 포기하는 것이다.

현재 놓인 처지가 아무리 실망스러워도, 내 마음의 주인은 영원히 나라는 사실을 잊지 말자. 타인이 내는 빛 때문에 막연함에 빠지지 말고, 나이에 짓눌려 잘못된 방향으로 가지 말자. 현실은 많은 걸 포기하라고 강요하지만, 앞으로 계속 가면 더 많은 아름다움을 만날 것이다.

뭔가를 지나쳤어도 괜찮다. 인생에서 어차피 일어날 일이라면, 기대했던 일이 일어나지 않더라도 기대해 본 적 없는 좋은 일이 인생에 훅 들어와 행복의 씨앗이 된다.

인간의 본성 때문에, 우리는 어떤 일이 가장 원하는 방식으로 나타나길 혹은 최고의 방식으로 마무리되길 바란다. 데이트할 때 상대가 조금 더 다정하길 기대하고, 싸우고 나면 상대가 먼저 사과해 주길 기대하는 것처럼 말이다. 또 회사가 월급을 올려 주길 기대하고, 부모가 되면 이런저런 기대와 걱정이 많아지는 것처럼 말이다.

가장 확실한 일은, 확실한 건 없다는 사실이다. 인생마다 나름의 페이스가 있다. 좋은 일도 생기고 나쁜 일도 생긴다. 지금 조금 천천히 가는 건, 주위 풍경을 지나치지 말라는 사인일 것이다.

지금 어떤 어려움에 처했든지 일이 잘 풀리면 다행이고, 일이 잘 풀리지 않아도 순리에 맡기자. 사람의 가장 강력한 힘은 일을 통제하는 게 아니라 마음을 통제하는 것이다.

좋은 일이 생기면 즐겁고, 나쁜 일이 생기면 평상심을 유지하자. 완벽하지 않은 삶에서, 내가 좋아하는 삶의 방식을 찾자.

나쁜 일은 오기도 하고 가기도 한다. 언젠간 인생을 꽉 잡아 주는 최고의 테두리가 되어 줄 것이다.

더 나은 인생 세우기 연습

서른

남의 말에 상처 받는 건
대가가 아주 큰일이다.
상대는 자기 말에 책임질 필요가 없지만
나는 그걸 감당하는 데 많은 시간을 들여야 한다.

내 뒷담화를 하는 사람은
나보다 약한 사람이다.
나보다 강한 사람은
날 상관할 시간 따위가 없다.

이 세상엔 남을 공격하는 본성이 넘쳐난다.
부족한 건 일어나려는 끈기다.
인생은 내 것인데, 남 때문에 넘어진다.
그래서 더더욱 나를 위해 강해져야 한다.

앞으로 나아가기에 느린 걸음을 염려한다

독자에게 연락이 왔다. 공감할 수 있는 글쓰기 방법과 책 출간하는 방법을 공유해 줄 수 있냐는 내용이었다.

'드디어 나한테 글쓰기에 대해 물어보는 사람이 생겼다!'

질문을 본 후 나의 첫 반응이었다. 무지막지하게 기쁜 나머지, 소리를 지르고 싶었다. 마치 청년 모범상이라도 탄 기분이었다.

하지만 어떻게 그럴듯한 답변을 해 줄까 하는 고민이 이어졌다.

'글 쓰는 문제는 진지하게 생각해 본 적이 없잖아.'

그래서 바로 대답하기로 했다.

'그냥, 계속 쓰는 거죠.'

대답하고 보니, 이걸 '답'이라고 할 수 있나 하는 생각이 들었다. 설탕을 뿌리지 않은 케이크처럼, 뭔가 부족했다.

'신기할 게 뭐 있나요, 책 몇 권 낸 것 가지고.'
'뭔가 숨기는 비결이 있는 것 같은데, 말해 주기 싫은 거죠?'
'계속 쓴다고요? 그건 저도 알죠. 그걸 말이라고 해요?'

상대가 할 법한 생각들이 머릿속에서 툭툭 튀어나오자, 불안해지면서 마음속이 시끄러워지기 시작했다. 상대가 내 대답이 너무 성의 없다고 생각하면 어쩌나 걱정이 되었다.

그런데 그게 사실이었다. 너무 간단하다고 해서 답이 될 수 없는 건 아니다. 키보드를 두드리고 전송 버튼을 눌러 곧바로 회신했다.

"그냥, 계속 쓰고 또 씁니다!"

그러곤 한동안 답이 없었다.

"감사합니다."

회신이 왔다. 그 독자에게 도움을 줬는지 확실하진 않지만, 그 이후에도 누군가가 글쓰기에 관한 질문을 하면 내 대답은 가장 간단하고 기본적이다.

지속적으로 글을 쓰다 보니 내가 쓰고 싶은 내용과 스타일을 서서히 알게 됐고, 무엇을 위해 글을 꾸준히 써야 하는지도 알게 되었기 때문이다. 또 글을 계속 쓰다 보니 차츰 마음속 악마를 제거할 수 있었다.

이런 과정이 없었다면, 글쓰기를 포기하고 싶었을 것이다.

한 번은 한 매체에서 "평생 가장 잘한 투자는 무엇인가요?"라는 질문을 받았다. 나는 고민할 것도 없이 '글쓰기'라고 말했다.

글쓰기는 지금까지 내가 가장 잘한 투자가 맞다. 돈이나 졸업증 등 다른 투자보다 훨씬 가치가 크다.

인세 수입이 많아져서만은 아니다. 그보다 글쓰기를 통해 나의 장점과 단점, 내가 뭘 싫어하고 무엇에 꾸준히 매진해야 하는지를 확실히 파악한 게 더 중요하다. 그리고 내가 어떤 사람인지도 파악했다.

첫 번째 책의 출간 요청을 받았을 때가 어렴풋이 기억난다. 내 글쓰기 스타일을 어떻게 '포지셔닝'해야 할지 막막했다. 별안간 낯선 길에 접어들어, 다급하게 모바일 지도를 켜고 나의 현재 위치와 가야 할 방향을 확인하고 싶은 심정과 비슷했다.

그전까진 특정 장르의 글을 쓸 수 있어야 책 낼 자격이 있는 거라고 생각했다. 이를테면 화려한 어휘의 비유, 우아하고 로맨틱한 문구, 짜임새 탄탄한 글을 쓸 수 있어야 책 낼 자격이 있다고 여겼다.

하지만 그건 환경에 적응하기 위해 나를 바꾸고, 타인에게 맞출 걸 내게 요구하는 것과 비슷했다.

급하게 다른 어떤 모습으로 나를 포지셔닝하면, 그런 모습의 나를 좋아할 수 있을까? 글을 쓸 때 동반되는 즐거움을 누릴 수 있을까?

내가 좋아하는 책, 읽고 감동 받은 글귀, 읽고 또 읽고 싶은 이야기들을 회상해 봤다. 나도 그런 내용을 쓰고 싶었다. 삶에서 느끼고 깨달은 걸 사람들에게 영향을 줄 수 있는 이야기로 엮어, 누구든 그들의 이야기를 만들어 가도록 자극하고 싶었다.

그래서 그냥 계속 썼다. 내 글의 포지셔닝 따위는 개의치 않고 아이디어가 떠오르면 메모했고, 새로운 걸 경험하면 곰곰이 생각했으며, 마음에 울림을 주는 글귀를 보면 여러 번 곱씹었다.

노트북에 쓰고 휴대 전화에 쓰고, 전철에서 쓰고 택시에서 쓰고, 카페에서 쓰고 공항 플랫폼에서 쓰고, 공원에서 쓰고 샤워하다 말고 욕실에서 뛰쳐나와 썼다.

아이디어만 떠오르면 글쓰기라는 세계에 푹 빠졌다. 우연한 기회에 영감이 떠오르길 바라는 건 너무 사치라는 걸 잘 알았기에, 하던 일을 모두 놓고 떠오른 생각이 내 곁에 조금 더 오래 머물러 주기만을 바랐다. 그러다가 예전의 글쓰기 리듬을 회복해 글자들 사이에서 즐겁게 돌아다닌다.

내일은 내일의 태양이 뜨는 법

글이 착착 쌓여 가면 차츰 나의 부족함이 느껴져, 내가 능력이 없다는 생각이 들기 시작한다. 나를 부정하면 안 된다는 걸 잘 알면서도, 나도 모르게 글로 쓸 거리도 안 되는 것들을 써 놨다는 회의가 든다.

가면 증후군에 걸린 것이다.

이 증후군은 나의 능력과 나를 깔보는 정도가 정비례한다는 특징이 있다. 객관적으로 많은 일을 잘 처리할 수 있는 충분한 능력이 있지만, 주관적으로 자신은 그렇게 생각하지 않거나 칭찬받을 자격이 없다고 여기며 능력이 없는 자신의 본 모습을 누군가에게 들킬까 봐 걱정한다.

자신감 저하, 의욕 상실, 자기 부정, 실패에 대한 두려움 등의 증상을 야기하며, 완벽을 추구하느라 행동을 취하지 않고 해야 할 일을 계속 미루기도 한다. 자신이 가진 전부를 운이 좋아서 얻은 것으로 치부하고, 타인이 단번에 자신의 수법을 간파할까 봐 걱정한다.

이를테면, 화질이 더 좋은 카메라로 바꿔 셀카를 찍었는데 이전엔 보이지 않던 아주 작은 결점이 보이는 것이다. 카메라 사양이 더 좋아진 상황에서 이런 결점이 노출되니, 얼굴을 들 수 없다는 생각이 든다.

간단히 말하면, '난 자격이 없어'라는 한마디로 자신의 뺨을 퍽퍽 갈기는 것이다.

이젠 마음의 준비가 되어 있다. 평생토록 가면 증후군과 싸워야 할지도 모르지만, 그래도 가면 증후군과 친구가 되고 싶진 않다.

하지만 당시엔 그게 나를 찾아왔다.

어떻게 해야 할까? 대책을 세워야 했다. 그렇지 않으면 둥글게 얽힌 테이프처럼 척 달라붙어 아무리 용을 써도 떼어 버리지 못할 것 같았다.

그 시기에, 그동안 기록한 심리학 노트를 펼쳐 크리스틴 네프 박사가 제기한 자기 자비의 개념을 재인식했다.

네프 박사는 모든 사람이 갖춰야 하는 마음가짐이 있다고 말한다. 어려운 일이 닥쳤을 때 자신을 응원하고, 스트레스를 받을 때 자책하지 않아야 한다는 것이다. 자신을 너그럽게 대하고, 자기 내면을 온유하게 정리하라는 뜻으로 나는 해석했다.

자신을 너그럽게 대하는 게 뭘까? 얼마나 너그러워야 할까?

반대 사례를 들면 이해가 쉬울 것 같다. 완벽한 삶을 갖고 싶다면 자신을 엄격히 대해야 한다.

자신에게 실수할 여지를 주지 않고, 늘 더 나은 결과로 자신과 비교한다. 남의 시선을 걱정하고, 비판을 진짜로 받아들인다. 좋은 일에서 옥에 티를 골라 내고, 마음속의 증폭기를 끌어 내 나쁜 일의 부정적 결과를 끊임없이 확대해 자신을 괴롭힌다. 마이크를 들고 나팔 앞에 있어, 날카로운 소음의 직격탄을 맞는 것처럼 말이다.

더 나은 나, 더 멋진 삶을 추구하라고만 배워, 자신에 대한 채찍질을 멈출 수가 없다. 나도 휴식이 필요하고, 약한 부분이 있으며, 능숙하지 못한 부야가 있다는 사실을 잊는다. 나는 그저 사람이고, 사람은 완벽할 수 없다는 간단한 사실을 잊는다.

슬럼프에 빠질 때 자신에게 더 힘을 불어넣어야 하는 이유가 뭘까?

어디를 가든 나는 전 코스를 내 자신과 동행할 수 있는 유일한 사람이기 때문이다. 물론 친구의 도움을 구하거나 전문적인 심리 상담이 필요할 때도 있다. 하지만 어떤 행동을 취하든, 자신에게 힘을 불어넣는 법을 배우고 또 그러길 원해야 한다.

삶에 불확실성이 난무하면, 안정적으로 보였던 직장에서도 다음 날 내몰릴 수 있다. 잘 세워 뒀던 인생 계획이 한 번의 돌발 사건 때문에 어긋난다. 어제까지만 해도 친했던 친구가 오늘은 낯선 사람이 될 수도 있다.

인생에서 뜻밖의 일이 벌어지는 건 뜻밖이 아니다. 중요한 건 나쁜 일이 일어나는 걸 막는 게 아니라 일이 일어난 후 어떻게 대처하느냐다. 이 세상이 날 걸고넘어지는 거라며 부정적으로 볼 수도 있고, 노력해서 더 나은 내가 되자고 마음가짐을 고쳐먹을 수도 있다.

좋을 때와 좋지 않을 때가 있다.

정상에 오른다면 자신에게 고마워할 게 아니라 하늘에 감사해야 하고, 밑바닥으로 떨어지면 하늘을 원망할 게 아니라 자신을 다독여야 한다. 자신에게 힘을 불어넣자.

오늘 안 좋은 일이 있었어도 내일은 모든 게 다시 시작된다.

더 나은 인생 세우기 연습

서른하나

정상에 있을 땐 타인을 무시하지 말고
바닥에 있을 땐 나를 존중하자.

슬럼프에 빠지면 내게 힘을 불어넣는 법을 배우고
상황이 호전되면 타인을 응원할 줄도 알자.

가치가 높은 사람일수록
으스댈 필요가 없다.

온종일 자기가 대단하다는 말만 하는 사람은
본 모습을 들킬까 봐 두려워하는 사람이다.

특별한 인생으로 안내하는 작은 선택들

오스트리아 신경의학자 빅터 프랭클은 제2차 세계 대전 홀로코스트의 생존자다. 30대에 전쟁으로 아우슈비츠 수용소에 갇혔고, 그 경험을 토대로 전 세계에 지대한 영향을 준 의미치료를 창시했다.

프랭클 의사의 이야기를 하려는 건 아니다. 그의 과거는 이미 많이 알려져 있다. 사람들에게 잘 알려져 있진 않지만, 프랭클 의사만큼이나 슬픈 개인사를 겪었고 마찬가지로 용기를 주는 인물을 소개하려고 한다. 역시 홀로코스트의 생존자인 에디트 에바 에거 박사다.

헝가리에서 태어난 에거 박사는, 어릴 때부터 발레를 배웠고 출중한 실력으로 올림픽 체조 경기에 출전할 기회도 있었다.

1944년, 16세였던 그녀는 가족과 행복한 한때를 보내고 있었는데 갑자기 사람들이 들이닥쳐 모두를 끌고 갔다.

온 가족은 차 짐칸에 태워졌고, 목적지는 아우슈비츠였다. 가는 길 내내 짐칸은 알 수 없는 기운으로 가득했고, 수용소에 도착하기 전 에거의 엄마가 그녀에게 말했다.

"어디로 끌려가는 건지 무슨 일이 일어날지 알 수 없지만, 명심하거라. 네 가 마음에 둔 것들을 빼앗을 수 있는 사람은 없어."

수용소에 도착하자, 에거는 저 멀리 어두침침한 대문에 정신을 빼앗겼다. 자신이 어디에 있는 건지 알 수 없었지만, 그 문은 절망스러워 질식할 것 같은 느낌이 가득했다.

아빠는 차에서 내리자마자 끌려갔고, 다른 가족들은 대열을 지어 걷고 있는 사람들 속으로 밀어 넣어졌다.

대오 끝엔 나치군들이 서 있었고, 그중 지휘관으로 보이는 사람이 대오를 나누고 있었다. 그는 '죽음의 천사'라고 불렸던 의사 요제프 멩겔레였다. 멩겔레가 서 있는 뒤쪽으로 대오가 차례차례 사라졌다.

에거 가족의 차례가 되자 에거의 엄마가 먼저 왼쪽으로 가도록 지시받았고, 에거는 무의식적으로 엄마의 발걸음을 따라갔지만 멩겔레는 그녀를 확 잡아 잠시 훑어보더니 오른쪽으로 가게 했다. 엄마는 그냥 샤워를 하러 가는 거라고 에거에게 말했다. 에거는 왼쪽이 독가스실로 보내지는 방향이라는 사실을 당시엔 알지 못했다.

수용소에 갇혀 지낸 기간을 회상하는 말투는 절망적이었지만, 에거의 눈빛은 더할 나위 없이 강했다. 1초 후에 무슨 일이 벌어질지 알 수 없었다. 언제 샤워하러 불려 갈지 알 수 없었다. 매일 샤워기에서 뿜어져 나오는 게 물인지 독가스인지 알 수 없었다.

그녀가 아는 거라곤 어떻게든 살아야 한다, 오늘을 살고 내일을 살고, 하루 또 하루를 살아 내야 한다는 것뿐이었다. 엄마가 차에서 마지막에 했던 말을 기억하며 자유의 몸으로 수용소 대문을 나가야 한다는 것뿐이었다.

에거는 전쟁이 끝나갈 무렵 수용소에서 구출되었다. 구출될 당시 시체 더미 위에 누워 있었고, 체중이 30킬로그램도 채 되지 않았다.

그 이후 한참 동안 자책감에 시달렸다. 혼자 생존한 게 이해되지 않았고 수치스러움마저 들었다.

사람들은 차츰 알게 되었다. 외상 후 스트레스 장애에서 살아남은 사람은 죄책감이 있고, 자신이 무슨 자격으로 죽음에서 도망쳤나 하는 회의감을 갖는다. 의학 용어로 '생존자 죄책감'이라고 한다.

에거는 몇 년 동안 죄책감과 싸워야 했다. 어느 날 수용소 유적지를 다시 찾아, 역사가 그녀 마음에 남긴 상처를 느끼고 나서야 자신이 생존자가 된 걸 용서할 수 있었고 마음에 묻어 뒀던 사명감을 환기했다.

에거는 자신과 같은 상처를 지닌 사람들을 돕는 데 시간을 쏟기로 결심했다. 그녀는 박사 학위를 취득하고 대학에서 심리치료센터를 운영하는 한편, 자체적인 클리닉을 개업해 심리적 도움이 필요한 사람들을 끊임없이 지원했다.

90세 생일을 한 달 앞두고 에거는 인생 첫 번째 저서를 출간했다.

그녀는 90세를 넘긴 나이에도, 강연이 끝날 때면 모두를 단상으로 올라오도록 초대해 춤을 추며 다리를 어깨 높이까지 차올리는 등 어린 시절 발레 연습으로 다져진 유연성을 선보인다.

생명에 대한 그녀의 열정은 나이로도 덮어지지 않는다. 나이답지 않은 에너지가 느껴지며, 어린 시절의 아픔도 그녀의 의지를 꺾을 수 없다. 이 모든 건 스스로 다짐한 사명과 그녀가 품고자 선택한 마음에서 기인했다.

"무슨 일이 벌어져도 우리는 선택할 수 있고, 어떤 역경에도 맞설 자유로운 능력이 있습니다."

에거 박사가 강연에서 한 말이다.

인생은 선택의 연속이다

마찬가지로, 자유를 박탈당했던 프랭클 의사는 이런 말을 했다.

"사람에게 있는 모든 걸 빼앗아 갈 수 있지만, 그럴 수 없는 게 있습니다. 어떤 상황에서 우리가 일을 바라보는 태도와 자유 말입니다."

프랭클은 인간의 의지가 행복 추구에서 오는 게 아니라 생활에서 자신의 존재 의미를 깨닫는 데서 온다고 생각한다.

그는 가족을 만나고 싶다는 의지 하나로 버티며 수용소에서 나왔고, 이후 스스로 부여한 인생의 의미를 바탕으로 책을 여러 권 출간했다.

세계인에게 큰 영향을 준 심리학 이론을 발전시켰고, 고생도 마다하지 않은 채 전 세계 곳곳을 다니며 사람들에게 생명의 의미를 일깨웠다. 그렇게 92세까지 살다가 세상을 떠났다.

작금의 사회는 비교적 여유로워, 전쟁 시기 사람들이 겪은 생활을 상상할 수 없고 얼마나 큰 아픔을 감당했는지 가늠할 수 없다.

하지만 인생의 몇몇 단계에서 내적 갈등을 겪어야 하고, 피할 수 없는 아픔을 맞닥뜨려야 한다. 모두 나름의 해결해야 할 문제가 있고, 자신만 책임질 수 있는 해답이 있다.

중요한 건, 결과가 기대에 못 미쳐도 어떤 마음으로 마주할지 선택할 수 있다는 것이다. '인생은 선택의 연속'이라는 말을 자주 접한다. 인생의 성취를 추구할 때 응용하는 말 같다. 한 선택에 다음 선택이 맞물려, 원하는 인생을 성취한다는 의미로 다가온다.

하지만 내가 보기엔, 선택은 일생을 그려 가는 과정이다. 버클보단 열쇠와 더 비슷하다. 선택이라는 열쇠로 어떤 문을 여는지에 따라 인생이 나아가는 방향이 안내되는 것이다.

인생의 나쁜 일을 어떤 시각으로 대할지에 대한 선택은, 그 후 이어지는 일을 어떻게 바라볼지에 영향을 끼친다. 또 눈앞의 곤경을 대하는 마음가짐은, 내가 내 마음을 신뢰하는지에 영향을 준다.

삶에서 나쁜 일이 사라질 순 없는 노릇이고, 오히려 무방비 상태에서 펀치를 날리는 경향이 있으니 말이다.

삶이 완벽할 수도 있지만, 파도의 봉우리처럼 인생에서 이따금 나타났다 순식간에 그치고 마는 드문 경우다. 그런 찰나의 순간으로 인생을 판가름한다면, 어떤 식으로 비교해도 그 고지는 넘을 수 없을 것이다.

선택할 수 없는 경우도 있다. 뒷감당이 두려워서다. 하지만 올바른 선택의 반대말은, 잘못된 선택이 아니라 선택을 시작하지 않고 스스로 아직 준비가 덜 됐다고 또 최고의 기회가 아직 오지 않았다고 생각해 쭈뼛쭈뼛 미루는 것이다. 완벽 추구라는 함정에 빠지는 길이다.

선택과 시도를 거듭했을 때

직장에서 뼈저린 깨달음을 얻은 적이 있다. 회사에서 새 프로젝트를 맡았다. 정해진 비용 내에서 기존 제품을 개선하는 작업이었는데, 그 과정에서 새로운 문제가 생겼다.

고객의 수요를 맞추기 위해, 나를 비롯한 프로젝트 팀원은 갖가지 설계를 시도했고 기능, 비용, 부피 등 여러 면에서 최선의 성과에 도달했다. 최적해라는 개념을 추구한 결과였다.

그런데 곧 선택의 어려움이 닥쳤다. 문제를 빠르게 해결하려면 최고의 부품을 바로 사용하면 됐지만, 원가가 크게 올랐다. 또 제품 회로 설계를 수정하자니, 새로운 간섭 신호가 나타났다. 연구개발팀의 설계에 맞춰 달라고 생산 라인에 요구하자니, 다른 부분에서 원가가 상승했다.

한참 애를 먹다가, 결국 기존 제품에서 최척해를 찾자는 생각을 포기하고 효과적인 문제 해결책 마련으로 목표를 재설정했다. 생각을 바꾼 후 회로를 다시 설계하기 시작했고, 기존 틀을 깬 결과 고객의 요구에 맞는 차세대 제품을 성공적으로 설계할 수 있었다.

몇 년 후 회사에 가서 동료와 그때 이야기를 나누면서, 그 제품을 지금도 고객에게 납품하고 있다는 걸 알게 되었다. 그간의 노력에 보람을 느꼈고, 최적해의 함정에서 빠져나온 나 자신이 뿌듯했다.

인생도 마찬가지다. 선택의 갈림길에서 최고의 선택이란 없다. 모든 선택은 새로운 가능성으로 통하며, 모든 고민엔 불확실이라는 어려움이 존재한다. 아무리 준비를 많이 해도 예상치 못한 문제를 만난다.

생물학자 스튜어트 카우프만이 제기한 인접 가능성 개념처럼, 세포의 진화는 주변 자원을 결합하는 것에서 시작하고 결합된 자원은 연쇄반응을 일으키며 다시 외부에서 새로운 자원을 결합해 점차 더 높은 차원의 세포로 진화한다.

오랜 시간이 지나 세포에서 인간으로 진화할 기회를 얻은 건, 세포가 실수를 두려워하지 않고 선택과 시도를 거듭한 덕분이다.

인간으로 진화할 세포가 원래 환경에 계속 머물러 있었다면 또 충분히 준비해 진화를 시작하려 했다면, 언젠간 결국 박차고 나오겠지만 바깥세상이 상상과 전혀 다르다는 사실을 깨달을 것이다.

이미 진화한 고등 세포 틈으로 진입하기가 쉽지 않을 테고, 인간으로 진화할 수 없을지도 모른다.

요컨대, 오늘의 준비는 내일의 기회가 되고 내일의 기회는 미래의 가능성이 된다. 대부분의 경우 기회는 현재 가진 능력의 변두리에서 생기므로, 자신에게 도전해야 더 나은 가능성을 볼 수 있다.

선택의 여지가 있든 없든, 선택은 해야 한다. 그럴 바엔 유한한 생명에서 가능한 한 많은 가능성을 발견하는 게 낫다.

완벽하지 않은 삶에 완전한 내가 된다는 것

에거 박사와 프랭클 의사의 수용소 경험담을 다시 읽으며, 사람은 고통스러운 일이 닥치면 현재를 종점으로 여길 수 있지만 시작점으로 만들 능력도 있다는 걸 깨달았다.

고통이 닥치면, 사람은 무의식적으로 도망치고 싶어 한다. 멀쩡했던 일상이 갑자기 뜻대로 되지 않으면, 아무리 긍정적으로 생각해도 생각이 나쁜 쪽으로 흐르는 걸 막을 수 없을 것이다.

순조로운 생활이 별안간 무너지길 바라는 사람은 아무도 없다. 하지만, 고통은 나를 일깨운다. 문제를 발견했으니 몸이나 감정이 반응하며, 능력껏 변화를 선택하도록 길을 제공하는 것이다.

좋은 날이 있으면 나쁜 날이 있고, 완벽할 때가 있으면 완벽하지 않은 때도 있다. 넘길 수 있는 일도 있고 넘길 수 없는 일도 있다. 안정적일 수도 있고 기복이 심할 수도 있다. 인생엔 안 좋은 때가 있기 마련이며, 관건은 일이 일어난 뒤 어떻게 수습하느냐다.

"사람은 미워할 능력도 있고 사랑할 능력도 있습니다. 어느 쪽인지는 자신의 선택에 달렸습니다"라는 에거 박사의 말처럼 말이다.

삶은 완벽을 요구하지 않는다. 인생의 의미는 우리의 선택에 달렸다. 좋은 날과 안 좋은 날 사이에서 완전한 내가 되길 바란다. 시간의 동행 속에서 마음에 드는 미래를 그려 내길 바란다.

더 나은 인생 세우기 연습

서른둘

과거의 일에 간섭받지 않는 법을 배워야 한다.
미래의 일 때문에 막막해하지 말고
하루하루를 더 열심히 잘 살자.

타인이 날 아무리 싫어해도,
그건 그의 일이다.
고민이 아무리 엉겨 붙어도,
조만간 지나갈 일이다.

인생이 아름다운 건
주위 사람이나 일이
만족스러워져서가 아니라
삶의 틈에서
내 마음에 드는 구석을 발견하고
열심히 다듬기 때문이다.

저자의 말

모든 일은 늘 더 좋은 방향으로

사람과 우울함 사이에 거리라는 게 있다면, 지난 몇 년은 나와 우울함의 거리가 가장 가까운 시기였다.

전작 『나는 내가 잘됐으면 좋겠다』를 출간한 후 책 쓰기라는 일상의 무게가 떨어져 나갔고, 갑작스레 찾아온 허탈감이 꼬리에 꼬리를 물고 밀려왔다. 내겐 그리 낯설지 않은 느낌이었다.

아무래도 글쓰기는 나 자신을 깊이 파고드는 과정이니까. 또한 새 글쓰기로 넘어가는 사이엔, 음악 재생 버튼을 잘못 건드려 한참을 지나야 귀가 새로운 리듬에 적응하는 느낌을 받곤 한다.

그런데 이번엔 달랐다. 하염없이 아래로 곤두박질하는 느낌이었다.

예전 같으면 우선 손에서 일을 놓고 독서, 음악 듣기, 여행 등으로 마음을 차분히 가라앉히고 마음속 창을 열고서 내 안에 팽팽히 당겨진 공기의 농도를 낮추려 노력했을 것이다. 그런 후 새로운 정보가 들어오도록 해서 생활 리듬을 점차 회복해 나갔을 것이다.

그런데 이번엔 회복이 잘 되지 않았다. 곤두박질치는 느낌을 받아 줄 뭔가가 생기지 않을 모양이었다. 시간이 지나면서 더욱 막막해졌다.

목표를 잃은 건가? 그냥 일 문제일 뿐이라면 극복하기가 어렵지 않다. 앉아서 리스트 몇 개 작성하면 다시 출발할 수 있다. 정기적으로 글을 쓰고 게재하는 습관은 계속 유지하고 있으니까.

삶에 만족하지 못하고 있는 건가? 그건 아니다. 나는 현재 상황에 만족하고 있다. 경제적으로도 당분간은 충분히 안정적이고, 평소 작업 시간도 자유롭게 조절할 수 있으며, 내용 또한 대부분 내가 좋아하는 글쓰기와 관련이 있다. 오늘이 있기에, 나는 이미 행복한 사람이다.

그런데 어째서인지, 심적으로 의지할 곳을 찾을 수가 없다. 텔레비전, 인터넷을 보며 갖가지 정보에 집중력을 쏟아 보지만, 마음은 더 가라앉는다. 인생은 피곤하고 생활은 바쁘고, 나는 대체 뭘 하고 있는 걸까?

'도대체 어찌 된 걸까? 열심히 노력하는데 왜 여전히 이 모양일까?'

이와 비슷한 문제를 자문해 본 적이 두 번 있다. 한 번은, 학생 시절 연애 실패로 종일 우울해 수업에 들어갈 마음이 나질 않았다. 또 한 번은 사회생활을 시작한 후 직장 생활의 어려움으로 두렵고 아득해 살아갈 에너지가 없었다. 두 번 모두 나는 독서를 통해 빠져나왔고, 나를 재인식하며 나 자신에게 새로운 힘을 불어넣었다.

텔레비전을 끄고 인터넷 접속 횟수를 줄였으며 책 속 세계로 빠지는 시간을 늘렸다. 예전에 어려움을 겪어 냈던 방법과 똑같이, 책을 통해 나 자신을 복구할 방법을 찾으며 글쓰기라는 방식으로 나와 대화하는 기분을 기록했다. 해답을 찾았다고 자신할 순 없지만, 조만간 내 바람에 응답해 주리라는 건 안다.

이 책은 그 이후에 일어난 일들을 쓴 것이다. 지난 2년 넘게 푹 꺼지는 느낌을 겪으며, 여러 각도에서 나를 탐색했다. 이미 일어난 과거가 있고, 아직 일어나진 않았지만 고민되는 미래가 있다.

당시엔 세상이 뒤집힐 듯했지만 잠잠히 지나간 적도 있고, 별 것 아닌 듯 조용히 인생에 스며든 일도 있다. 아직도 그냥 넘겨 버릴 수 없는 일이 있고, 이젠 담담하게 글로 쓸 수 있는 일도 있다.

"단순하게 살면 좀 좋아?"

2년 동안 내게 반복적으로 한 질문이다. 그런데 나는 그저 이런 의식의 강에 나를 맡기고, 많은 독자가 보내 오는 사연을 읽으며, 내게 있거나 없는 불안을 이해할 수밖에 없었다.

행복했던 일과 슬펐던 일을 돌아보고, 내게 남겨진 상처를 쓰다듬으며, 벗어날 수 없을 줄 알았는데 결국 지나간 문제들을 점검했다.

오랫동안 열어 보지 않은 마음속 서랍을 열어, 지나간 추억을 뒤적이며, 당시의 기분을 깨워 봤다. 어떤 서랍은 오랫동안 잠가 둔 상태였고, 기억에서 잊혀 버린 서랍도 있었다. 어떤 서랍은 열자마자 깜짝 놀라 '헉' 하고 닫아 버렸고, 그동안 어디에 숨겨 뒀는지 알 수 없는 서랍도 있었다. 마음속 서랍을 반복해 열고 닫으면서, 답을 찾은 것 같기도 했지만 찾는다는 행위 자체가 이미 해답인 것 같기도 했다.

인생의 많은 문제는 누구도 대신 해결해 줄 수 없다는 사실을 차츰 깨달았다. 국가도 회사도 해결해 줄 수 없고 부모도 해결해 줄 수 없다. 오직 나만 해결할 수 있다. 나를 위해 살 수 있는 사람은 나뿐이다. 그러자 추락하는 느낌이 사라졌다.

나는 대학생 시절에 심리학을 접했다. 전공인 전자공학과는 완전히 다른 분야였지만, 심리학이야말로 실연당했을 때 내가 익사하지 않도록 도와 준 동아줄이었다. 심리학을 만나고 어느덧 10여 년이 훌쩍 지났다. 심리학을 내 전문 분야로 여긴 적은 없지만, 지난날을 돌아볼 때마다 심리학에게 많은 도움을 받았다는 사실에 놀라곤 한다.

이 책은 심리학에 대해 설명하진 않는다. 심리학을 언급한 비중보다 심리학의 도움을 받아 답을 찾았을 때 얻은 깨달음이 훨씬 많다. 2년 전 나는 새로운 분야에 발을 들여놓았고 많은 시련을 겪었다. 어떤 건 극복했고 어떤 건 여전히 허덕이고 있다.

일이 없을 땐 무작정 여행을 떠나기도 했다. 낯선 길에서 익숙한 나를 찾으려는 기대를 품고 말이다. 인생은 여정과 비슷한 것 같다. 낯설고도 망설여지는 미래로 나아가는 건 내 존재를 재확인하기 위해서다.

첫 장의 주제는 '용기'이다. 다른 장들의 주제는 차례로 '자신', '노력', '관계', '태도'이다. 자아를 받아들이기, 열심히 성장하기, 인간관계, 의식 찾기에 관해 얘기한다. 바쁜 생활 때문에 한쪽으로 쏠려 '흑 아니면 백'이라는 식의 사고에 빠지지 않고, 우리의 다양한 삶에서 부딪히는 갈등 가운데 마음이 지향하는 균형감을 찾길 바라는 마음이 컸다.

우리는, 물질은 풍족하지만 영혼은 결핍한 시대에 살고 있다. 언론이나 광고가 몰고 가는 경향도 있고, 사회가 지나치게 떠벌리는 가치에 의해서도 갈수록 더 많은 이의 인생관이 '뭔가를 꼭 가져야 한다'에서 '여전히 뭔가가 부족하다'로 유도되고 있다.

사람들의 속도를 따라가는 게 인격의 기준이 되고 있다. 세상 곳곳에서 아직도 뭔가가 부족하다고 상기시키니 두려움, 불안, 스트레스가 억

제되지 않고 둥둥 떠오른다. 내가 평정을 얻은 과정을 독자들과 공유하고 싶다. 필사적으로 나를 지탱하고 싶었던 지난 2년 동안처럼 말이다.

수 년 전에 짧은 글을 한 편 썼는데, 당시엔 좀 부족하다 싶었다.

이 책과 맞을 것 같다는 생각이 들어, 그 글로 마무리한다.

행복한 사람은 알고 있다, 모든 것에 만족하기보단 아무것에도 만족할 수 없는 게 인생이라는 걸. 과거의 어느 때로 돌아가고 싶은가?

성인이 되어 만난 세상은, 곳곳에 괴로움과 불안함이 가득하다.

과거로 돌아가면 곁에 있는 사람들과 가지고 있는 일과 추억을 몽땅 잃게 될 텐데, 그래도 돌아가고 싶은가?

아쉬움이 남는 일이 아름답게 느껴지는 건, 일어나지 않은 일을 마음대로 상상해 볼 수 있기 때문일 것이다. 다시 한 번 기회가 주어진다고 해서 혹은 다시 선택할 지혜를 부여받았다고 해서, 일이 더 잘될 거라고 장담할 순 없다. 더 나빠질 수도 있다.

사람들은 경험하지 못한 일에 대해 완벽했을 것으로 미화하는 경향이 있다. 대가를 감당할 수 있는가의 문제는 제쳐 둔 채 또 행복은 좇기만 할 게 아니라 소중히 여겨야 한다는 점은 간과한 채 말이다.

지금 어떻게 살고 있든 현재의 삶에 100퍼센트 만족하고, 좋아하든 그렇지 않든 일은 늘 더 좋은 방향으로 진행되며, 완벽하지 않은 현재야말로 삶의 가장 아름다운 한때라는 사실을 믿길 바란다.

사랑하고 배우고 살아 내야 할 서른에게

그래도 좋은 날이 더 많을 거야

인쇄일 2021년 7월 16일
발행일 2021년 7월 23일

지은이 아이얼원
옮긴이 한수희
펴낸이 유경민 노종한
기획마케팅 1팀 우현권 **2팀** 정세림 금슬기 최지원 현나래
기획편집 1팀 이현정 임지연 **2팀** 김형욱 박익비 **라이프팀** 박지혜
책임편집 김형욱
디자인 남다희 홍진기
펴낸곳 유노북스
등록번호 제2015-000010호
주소 서울시 마포구 월드컵로20길 5, 4층
전화 02-323-7763 **팩스** 02-323-7764 **이메일** uknowbooks@naver.com

ISBN 979-11-90826-67-9 (03820)

• —책값은 책 뒤표지에 있습니다.
• —잘못된 책은 구입하신 곳에서 환불 또는 교환하실 수 있습니다.